행복지대

'호빵맨' 선생님의
우리네 삶과
교육에 대한 긴 생각,
짧은 이야기

인문서원

# 아이들은 나의 스승이었다

중학교에서 아이들과 22년을 함께했다. 아이들과 끊임없이 연을 맺고 헤어지기를 반복한 시간이었다. 인연의 연속이었지만 단순한 인연은 아니었다. 희로애락을 같이 했고 진솔한 삶을 알게 해준 인연이었다. 사람 사는 공간에서는 어디서나 맥을 같이하고 있다. 행복해지고 싶은 마음은 다 같기 때문이다.

세상에 내놓을 나의 이야기를 쓰면서 순간순간 부끄러운 마음도 스며들었다. 그래서 글쓰기를 주저했다. 하지만 아이들에게 언제나 강조했던 말이 있다.

"꿈을 가져야 행복하다. 그리고 그 꿈은 가꾸어 나갈 때 더 행복해진다. 도전하지 않으면 시련도 없겠지만 꿈도 이룰 수 없다."

그런데 정작 내가 주저하고 있었다. 모순이었다.

처음으로 나의 이야기를 내놓는 일이 무모한 것도 같았지만 글을 쓰면서 아이들에게도 도전하라는 말을 당당하게 할 수 있게 되었다. 도전하는 마음으로 나의 이야기도 조금씩 엮어나갔다.

수많은 아이들과 함께한 시간만큼이나 생각도 많이 쌓였다. 슬픔으로 기쁨은 더 소중해졌고, 시련의 고통으로 행복의 가치는 더 오롯이 간직되었다. 속울음을 참아야 할 때도 있었지만 이를 잠재워주었던 것은 아이들이었다. 사람 사는 곳은 어디서나 삶의 애환을 느끼고 살게 된다. 학교도 똑같은 삶이 존재하는 곳이다. 학교는 딴 세상이 아니다. 여느 사회와 맥을 같이하고 있다. 갓 피어난 봄꽃 같은 아이들의 순박한 얼굴은 내가 무슨 노력을 해야 할지를 생각하게 해준다.

시집살이를 빗대는 말에 '벙어리 3년, 귀머거리 3년, 장님 3년'이란 말이 있다. 교직 생활을 처음 시작하면서 내가 선택한 모토이기도 했다. 본질만 보고 가자, 그리고 내용이 채워지면 채워진 만큼만 말하자. 잘못된 것을 볼 수 있는 지혜와 잘못된 것을 말할 수 있는 용기도 키우자. 나의 다짐이었다.

관심, 배려, 이해, 눈높이, 진정성, 기다림, 만족, 무욕 같은 단어들이 내 주위에서 맴돌기를 소망했다. 그리고 그것들이 즐거움과 행복을 가져다줄 것이라는 믿음이 있었다. 무엇을 가까이하고 살아야 모두가 즐거울지, 우선해야 할 가치가 무엇인지 아이들을 보면서 생각하고 깨달았다. 그리고 그 의미는 가정에서도 살아나 '설렘이 있는 사랑'이라는 실천을 가능하게 만들었다.

날카로움보다 부드러움이 유용했고, 탐욕보다 무욕에서 진정성이 발현되었고, 바람보다 햇빛이 주효했다. 부드러움, 진정성, 햇빛은 소통을 원활하게 해주었고 사랑과 행복을 빚는 재료가 되었다.

아이들과 함께한 나의 이야기가 읽는 분들에게 조금이라도 공감을 불러일으킨다면 나의 삶의 의미가 되살아날 것 같다. 학교와 가정, 사회에서 항상 직면했던 과제이자 고민은 나 개인의 노력으로 해결할 수 있는 것과 구조적인 문제가 부딪혀 빚어지는 갈등이었다. 그럼에도 구조적으로 해결할 수 있는 일보다 내가 노력해서 해결할 수 있는 일이 더 많았다.

　행복해지고 싶은 마음, 가족과 소통하고 싶은 마음, 인정이 있는 길을 열어가고 싶은 사람들과 함께 그 길을 갈 수 있기를 소망하며 쓴 글이다. 교직을 천직으로 삼고 싶은 예비 교사들에게도 이 글을 전하고 싶다. 이 책은 그분들이 읽어주기 바란다.

　마지막으로 고마운 마음을 전하고 싶다. 지난 22년 동안 나와 인연을 맺어주고 이야기를 만들어준 수많은 학생들에게 맨 먼저 고마움을 전한다. 그 아이들은 내 인생의 스승이다. 2014년 5월에 중대부중에서 교육 실습을 하면서 나에게 도움을 주고 교육에 대한 진솔한 소통을 하고 간 34명의 교육 실습생에게도 특별히 감사의 마음을 전한다. 마지막으로 이 책의 의미를 더해준 가족들어 고맙다.

2014년 12월

주명섭

# 교실 안 행복 수업 2교시 II
:: 나와 아이들의 행복한 시간 2

## 방과 후 행복 수업
:: 나의 행복한 지간

교실 밖 행복 수업 IV
:: 그리고, 못다 한 이야기들

I.

# 교실 안 행복 수업 1교시

나와 아이들의 행복한 시간

# 1%의 변화, 천만 번 고맙다

교육이란 기다림의 연속이다

병아리는 부화가 준비되면 3시간 안에 껍질을
깨고 나와야 살 수 있다. 껍질을 깨지 못하고
시간을 놓치면 껍질 안에서 병아리는 질식해 죽고 만다.
하지만 병아리는 아직 껍질을 깰 수
있을 만큼 부리가 강하지 못하다. 누군가의
도움이 절대적으로 필요하다.

승태의 출석부장 업무가 1주일 정지되었다.

우리 반 아이들은 모두 역할에 따라 부장이라는 직함을
갖고 활동한다. 변두리에 머무는 아이는 중심이라는 생각
을 갖지 못한다. 자존감도 떨어진다. 그래서 각자에게 하
나씩 역할을 주었다. 아이들이 역할을 수행하는 만큼 자
신도 공동체의 중심에 서 있다는 자존감의 싹이 무의식중
에 자라나고 있음을 느꼈다. 자기애를 키우면 당당하게 살
아나갈 수 있는 힘을 갖게 된다.

생일부장인 경찬이는 생일을 맞이하는 아이들을 잘 챙

긴다. 생일자를 축하해줄 친구까지 섭외에 나선다. 친구는 생일자에게 생일 축하 쿠폰과 함께 축하 메시지까지 전한다. 처음에는 어색함이 묻어났지만 조금씩 익숙해지고 있었다. 남 앞에 나서기를 쑥스러워했던 경찬이는 날이 갈수록 요령이 늘고 있다.

가장 적극적인 활동을 하는 아이 중 한 명이 생활부장인 사승이다. 조금은 산만하고 학습에 대한 열의는 더디지만 활동력은 넘친다. 3학년이 되어 생활부장이 된 사승이의 행동에 변화가 일어났다. 사물과 현상에 대한 관찰력이 생겼다. 그리고 학급에 대한 관심도 높아졌다. 학급에서 자율적으로 정한 시간 내에 등교하지 못한 지각자를 체크하고 통계를 냈다. 학급에 필요한 화장지를 걷고 관리도 한다.

매우 조용한 성격의 민석이는 교실 뒤켠의 화초가 파릇파릇함을 잃지 않도록, 꽃이 목마르지 않도록 항상 정성을 들이고 있다. 화초부장이다. 꽃은 남학생 반에서 가장 화려한 존재다. 어느 날엔가는 화초들이 햇볕을 원했는지 민석이가 화분을 창가에 놓아 아침 햇볕을 쬐어주고 있었다. 민석이의 따뜻한 마음을 꽃들도 알아줄 것이다.

체육부장은 체육복 관리를 하고, 학습부장은 매일 수

행평가와 과제에 대한 정보를 제공해준다. 도난방지부장은 도난 방지 대책을 세우고 사물함 열쇠 관리 등을 통해 각자의 재산 관리에 힘을 쏟는다. 일기부장인 현서는 학급의 1년 역사를 써내려가며 발표한다. 영상부장인 형우는 이미지로 학급의 역사를 남긴다. 졸업식 때 선보인 영상은 감동을 준 만큼 박수갈채도 컸다. 자기 분야에서 전문가 수업을 쌓아가는 일이기도 하다. 금상이는 회장으로서 학급 자치 운영 능력이 갈수록 세련되어 간다.

자신이 맡은 역할을 모든 아이들이 훌륭하게 해내는 것은 아니다. 거친 파도를 헤치고 나가야만 잔잔한 파도를 만날 수 있듯이 좋은 습관으로 길들여지기 위해서는 곡절을 겪기 마련이다. 아이들과 생활하면서 늘 느끼는 일이다. 거센 파도가 너무 길어지면서 지칠 때도 있지만 영원히 지속되지는 않는다는 희망을 잃지 않았다.

승태가 맡은 출석부장은 꼼꼼함이 요구되는 역할이었다. 매일매일 매 시간마다 출석부를 챙겨야 한다. 출석부장은 승태 본인이 선택한 역할이었다. 그런데 하고 싶다는 의욕과 꼼꼼하지 못한 평소의 습관 사이의 거리를 승태는 좀처럼 좁히지 못하고 있었다. 매일 아침 등교하면서 교무실에 들러 출석부를 챙겨 가야 하지만 번번이 놓치고 있었다. 그러다 보니 우리 반 출석부만 덩그러니 남아 쓸쓸하게 주인을 기다리는 일이 자주 벌어졌다.

꼼꼼하지 못한 승태의 변화를 기다리며, 격려와 지도 조언을 여러 번 반복했다. 달라지리라는 희망의 끈을 붙잡은 채 기다리고 또 기다렸다. 5월이 되었지만 결과는 크게 달라지지 않았다. 학급에서 사랑을 받아야 할 우리 반 출석부는 오늘도 학급이 아니라 교무실에서 자리를 차지하고 있었다. 이제는 출석부 담당 선생님까지 지적하고 나섰다.

어떻게 해야 할까? 변화가 있어야 했다. 다른 부장과 교체를 시켜야 할까? 임무를 사퇴시켜야 할까? 고민한 결과 또 한 번의 기다림을 택하기로 했다. 1주일을 더 기다리기로 했다. 일부러 종례 시간에 발표하였다. 승태에게는 반성과 기회가 되기를, 그리고 다른 아이들에게는 타산지석이 되기를 소망했다.

"여러분! 승태가 스스로 출석부장을 선택했지만 역할에 부담을 느끼고 있었으며 역할을 충실하게 수행하지는 못했습니다. 그래서 1주일 간 업무를 정지하기로 했습니다."

아이들도 이미 이러한 상황을 알고 있었던 터라 새로운 소식으로 받아들이는 눈치는 아니었다.

"1주일 간 출석부장 업무는 회장이 맡도록 하겠습니다.

하지만 1주일 후에는 승태가 출석부장으로 복귀하기로 했습니다. 선생님은 승태를 기다릴 것이고 승태가 마음을 다잡고 출석부장으로 복귀하기를 간절히 소망합니다."

사전에 승태와 상담을 통하여 교감을 가졌기에 가능한 일이었다. 승태는 다른 장점을 가진 아이였다. 나에게 칭찬을 많이 받은 터였기에 승태는 나의 제안에 오히려 미안해하며 적극 동의해주었다. 1주일 후 새로운 각오로 임무 복귀를 하도록 승태에게는 별도로 신뢰감을 보내주었다.

승태가 과연 1주일 후에 복귀 의사를 표시할까 기다림으로 하루하루를 세어나갔다.

그렇게 1주일이 지나갔다.

어쩐 일인지 1주일이 지나고 2주일이 다 가도록 승태는 나를 찾아오지 않았다. 기다림의 희망은 점차 시들어갔다. 승태는 지금 어떤 마음일까? 잊어버렸나? 잊어버리고 생각 없이 지내고 있었다면 다른 방법으로 접근해야 했다. 하지만 승태의 마음을 알 수 없으니 난감했다. 그래서 승태와 소통할 수 있는 다른 방법을 찾아 나섰다. 오늘부터 시작되는 2차 상담을 활용하기로 했다.

"여러분, 오늘부터 여러분들과 다시 상담을 하고자 합니다. 이번에는 첫 번째 상담자로 승태가 선택되었습니다."

아이들은 '왜 번호순도 아니고, 왜 승태지?' 하는 표정들이었다. 민승이는 "승태 너 잘못한 것 있지?"라는 농을 건네며 친밀감을 표시하고 나섰다.

상담하러 내려온 승태와 교무실에서 마주 앉았다. 무슨 말을 먼저 할까 나는 생각해두었다.

"승태야, 선생님이 왜 너를 첫 상담자로 선택했다고 생각하니?"

다행스럽게도 승태는 이유를 이미 알고 있었다. 승태에 대한 걱정을 이 순간까지 했는데 그것은 기우였다. 오히려 순간 찾아든 희망으로 뭉클함이 전해졌다.

1주일이 지나면 승태가 반드시 올 것이란 당연한 기대감을 가졌지만 막상 승태가 나타나지 않자 걱정스러운 마음이 컸었다. 그런데 승태의 마음을 알고 나니 한결 마음이 가벼워졌다.

승태도 나 못지않게 고민하고 있었다. 하지만 잘할 수 있을 것이란 자신감이 받쳐주지 못하다 보니 나에게 올 수 없었다. 생각보다 소심한 면이 있었다. 승태는 자신이 책임감과 성실함이 부족하고 또 귀찮은 생각까지 들었다고 했다. 승태를 어느 정도 파악하고 있다고 생각했던 내가 알지 못했던 승태의 일면을 볼 수 있는 좋은 기회가 되었다.

출석부를 챙기는 일은 학습 능력이 아니었다. 삶의 태도를 함양하는 문제이기에 승태에게 자신감과 책임감 완수라는 의미를 꼭 심어주고 싶었다. 기회를 박탈하면 승태는 쉬운 일도 해내지 못한 채 중도하차하는 꼴이 되고 만다. 그러면 승태는 앞으로 어떤 일도 야무지게 해낼 수 없을 것이란 생각이 들었다. 그래서 끝까지 희망을 살려나가고 싶었다.

"승태야, 네가 정말 회장보다 못하다고 생각하니? 선생님이 너는 남자다운 모습이 있어 듬직하다고 몇 번이나 말하지 않았니?"

절대 빈말이 아니었다.

"내가 생각하기에 너는 절대 부족하지도 않고 충분히 할 수 있다는 믿음이 있었다. 너 스스로가 부족하다고 생각하는 것 자체가 너 자신을 부족하게 만드는 것이라고 생각한다. 네가 출석부 하나 챙길 수 없다면 너는 어떤 일도 제대로 마무리할 수 없는 승태가 되고 만단다. 내 말에 공감이 가니?"

승태는 고개를 끄덕였다.

알고는 있는데 습관을 고치려는 노력이 아직 부족한 상태였다.

"승태야, 우리 다시 한 번 해볼까?"

승태는 할 수 있겠다는 긍정적인 말을 했다. 그래서 다시 제안했다.

"이번에는 기간을 정하지 않을 테니, 네가 할 수 있다는 마음이 생기면 다시 오렴. 그 대신 오래 걸리지 않았으면 좋겠다. 승태야, 출석부장의 일은 마음만 먹으면 할 수 있는 것이고 이것을 이루는 것이 진정한 공부라고 생각한다. 네가 이 일을 할 수 있게 된다면 다른 일도 할 수 있다는 자신감이 분명 생길 거야. 하지만 이 일을 하지 못한다면 앞으로 살아가면서 조금만 힘들어도 포기하게 되는 일이 많이 생길 거야. 승태야, 네가 하는 일은 극복할 수 있는 일이지 포기할 일은 절대 아니야."

무슨 일이 있어도 승태에게 주어진 기회를 박탈하고 싶지 않았다. 오늘 나는 승태의 1%의 변화를 보았다. 해보겠다는 말을 스스로 한 것이다. 1%의 희망은 점차 늘어날 것이란 믿음을 승태를 통해서 확신하게 되었다. 내가 승태에게 부정의 모습을 보여준다면 승태는 좌절하고 변두리에서 맴돌 것이다. 승태에게 살아 있는 긍정의 1%마저 달아날 것이다.

승태와 헤어진 후 다시 기다림으로 들어갔다. 그런데 다음 날, 승태가 나를 찾아왔다.

"선생님, 다시 해보겠습니다."

천금 같은 말이 승태 입에서 나왔다. 하루 만에 1% 이상의 변화가 생긴 것이다. 생각을 조금 바꾸니 나도 할 수 있겠다는 생각이 들었다는 것이다. 그리고 자신감도 조금은 생겼다고 했다.

그 뒤에도 승태는 확연히 달라지지는 않았다. 다만 친구들도 인정해주는 것이 있었다. 1학기 때는 교과 선생님이 "출석부 어디 있지?"라고 말할 때 "아차!" 했다고 한다. 그런데 2학기 들어서는 이동 수업을 하러 갈 때 "앗, 출석부 가져가야지."라고 곧잘 한다는 것이다. 이는 1% 이상의 상당한 변화가 나타난 것이다. 1%의 튼튼한 기초가 10%로 나아갈 것이고, 그 이상의 변화도 승태가 만들어나갈 것이란 믿음이 생겼다.


교육은 기다림이고, 인내였다.

물론 마냥 기다리는 것은 아니었다. 끊임없이 소통하려는 노력이 동반되어야 했다. 포기하지 않을 인내가 있어야 했다. 아이를 변화시킬 소통의 내용이 있어야 했다. 친절함은 훌륭한 매개였다. 진정성을 가진 친절일수록 소통은 더 원활해졌다. 승태가 나를 믿어주고, 변화하고자 노력하고 있다는 느낌을 받은 것만으로 행복했다.

나의 마음을 승태가 받아주지 않으면 아무 소용이 없는 일이었다. 나는 승태와의 관계가 '줄탁동시(啐啄同時)' 같기를 희망했다. 승태의 '줄'과 나의 '탁'이 동시에 이루어진다면 승태는 자신감을 가지고 잠재적 능력을 스스로 키워나갈 수 있기 때문이었다.

줄탁동시란 중국 송나라 때 나온 고사성어다. 병아리는 부화가 준비되면 3시간 안에 껍질을 깨고 나와야 살 수 있다. 껍질을 깨지 못하고 시간을 놓치면 껍질 안에서 병아리는 질식해 죽고 만다. 하지만 병아리는 아직 껍질을 깰 수 있을 만큼 부리가 강하지 못하다. 누군가의 도움이 절대적으로 필요하다.

부화 직전의 병아리가 '삐약삐약'거리며 연약한 부리로 껍질 안에서 알을 긁으면 어미가 이를 알아차리고 밖에서 그 부위를 쪼아대 껍질을 깨트려 병아리가 세상 밖으로 나올 수 있도록 도와준다. 병아리와 어미가 같은 시간에 합심하지 않으면 성과를 거둘 수 없다.

타이밍이 중요하다. 때를 맞추지 못하면 아무 소용이 없다. 어미가 성급하게 미리 껍질을 쪼아대면 병아리는 건강

한 병아리로 성장하기 어렵다.

승태가 스스로 반응을 보이도록 도와주는 것이 나의 일이었다. 주체적으로 반응을 보일 때 조급함을 갖지 않고 도와주는 것. 승태가 반응을 보인 것은 나에게 도움을 청하는 신호로 들렸다.

그래, 승태야. 너의 부리가 껍질을 깨는 소리가 들려오면 선생님이 한달음에 달려갈게.

# 아이들에게 일탈을 허하라!

만우절의 재발견

아이들이 귀엽게 일탈하는 경험은
어떻게 보면 창의성의 시작이다. 평소에는
혼날 것이 두려워 발휘하지
못했던 끼를 마음껏
발산해볼 수 있는 날이다.

만우절이 되면 새록새록 되살아나는 추억들이 있다. 평소 그토록 온순하던 아이들이 언제 그런 통을 키워서 그렇게 과감한 행동을 할 수 있었는지 궁금한 마음에 미소가 절로 나온다.

어느 만우절 5교시.

수업에 들어가자 아이들의 교복이 달라져 있었다. 이웃에 있는 남학교 학생들과 교복을 바꿔 입은 것이다. 점심시간을 이용해서 헐레벌떡 이웃 학교로 달려가 교복을 바꿔 입고 돌아왔다. 학급 구성원 중에서 반 이상이 협력한 사건이었다. 교내에서 일을 꾸미기에는 성이 차지 않았던 모양이었다. 아이들은 신이 나서 작전하듯이 움직였다. 누구나 한 번쯤 일탈을 꿈꾸는데 아이들은 이날을 '일탈의 날'로 택한 것이다. 그리고 자신들만의 기발한 생각을 실천에 옮긴 것이다. 아이들은 남다른 행동을 했다는 당당함까지 묻어났다. 그리고 나의 표정이 어떨지 신경을 쓰고 있었다.

아이들의 돌출 행동은 기존 질서에서 이탈한 것일까? 창의적인 행동으로 자신들의 마음을 표현한 것일까? 평범한 생각만으로는 다른 것을 창조할 수 없다. 하지만 현실 규범에서 보면 무단외출에 해당하는 징계사유였다. 결국 지도실로 호출되었지만 평소보다는 가벼운 처리로 마무리되었다. 창의성은 남과 다른 생각에서 싹이 튼다고 생각하면 아이들의 행동은 무죄였다. 그때의 아이들이 지금 어떤 사회인으로 살아가고 있을지 궁금해진다.

반면 여학생들은 섬세하다. 그러면서 치밀하게 행동한다. 만우절 날 마지막 수업을 위해 교실로 들어가자 칠판에 쓰인 큼지막한 글씨가 눈에 들어왔다.

"선생님 죄송해요."

"저희들은 이제 그만."

"용서해주세요, ㅎ ㅎ."


순간 당황했지만 이내 만우절임을 깨닫고 상황 파악에 나섰다. 창문턱에는 아이들이 벗어 놓은 신발들이 즐비했다. 사이좋게 옹기종기 모인 모든 신발들이 밖을 향해 있었다.

'자살 퍼포먼스'였다.

3층 창문으로 내려다보니 아이들은 땅바닥에 모두 쓰러져 있었다. 그래도 포개진 채로 서로를 의지하고 있는 모습이었다. 나의 표정이 궁금한지 어떤 아이는 살짝 눈을 뜨고 올려다보고 있었다. 힐끔힐끔 나를 올려다보면서 웃음을 참느라 안간힘을 쓰고 있는 모습이 귀여웠다.

쓰러진 채로 아이들은 무슨 생각을 하고 있을까? 아이들에게 충분히 생각할 시간을 주었다. 3분여가 흘렀다. 나의 모습이 창문에서 사라지자 아이들은 하나둘 꿈틀거리면서 깨어나기 시작했다.

공부에 지쳐 있는 아이들의 애교 있는 저항으로 느껴졌다. 너무 힘들지만 않으면 행복을 품으며 살고 싶은 아이들이다. 수업 시간에 작은 여유라도 주면 그리도 좋은지

환호성을 지르는 아이들이다. 대한민국 아이들은 공부중이다. 오로지 거의 같은 목표를 향하고 있다.

16년 이전의 일로 기억된다.

지금 생각해도 만우절 추억으로는 가장 압권인 장면으로 떠오른다. 아이들의 행동은 정말 기발했다. 그 일을 꾸몄던 아이들은 이제 서른을 훌쩍 넘겼을 것이다. 이미 장성한 그들도 그때를 생각한다면 그리워질 것이다.

3교시 2학년 수업이었다. 교실에 들어가자 놀라운 광경이 펼쳐졌다. 믿기지 않을 만큼 완벽하게 자장면이 한 그릇씩 책상 위에 질서정연하게 놓여 있었다. 한 학급 인원이 50명 내외일 정도로 많던 시절이었다. 그런데도 쉬는 시간 10분 안에 자장면 배달이 완료되었다.

치밀한 계획이 없었다면 불가능한 일이었다. 일단 단 10분 만에 배달이 완료되었다는 사실이 놀라웠다. 이를 눈치챈 사람은 단 한 명이었다. 철가방 아저씨들이 1층에서부터 숨 가쁘게 계단을 오르내리는 모습이 교장 선생님 눈에 포착된 것이다.

교직 생활을 시작한지 얼마 되지 않았던 때라 교실에서, 그것도 수업 시간에 자장면을 접하는 순간 난감하기 짝이 없었다. 상상도 못할 일이었기에 그저 황당할 뿐이었다.

어찌해야 하나, 순간 망설였다. 더군다나 음식이라 지체할 수도 없었다. 일단은 빨리 수습해야겠다는 생각이 들었다. 자장면은 음식이었다. 그것도 한 그릇도 아니고 50그릇이나 되었다. 음식의 본질은 뭘까? '먹는 것'이었다.

"얘들아, 식기 전에 먹어라."

그런데 사건을 주도했던 주희가 벌떡 일어나더니

"선생님! 선생님이 먼저 드셔야 저희들도 먹을 수 있습니다."

라고 당당하게 예의를 갖추었다.

그때까지 나는 교탁 위에 다소곳하게 놓인 자장면의 존재를 알아차리지 못했다. 그만큼 당황했던 것이다. 또 한번 망설여야 하는 순간이 되었다. 100개의 눈동자가 반짝이며 뚫어져라 나를 응시하고 있는 가운데 자장면 첫 젓가락을 떠야 했기 때문이다.

체념이 일었다.

'그래, 먹자. 음식의 본질은 먹는 것이라 생각하지 않았는가!'

하지만 마음까지 내키는 일은 아니었다. 자장면 한 젓가락을 입에 넣었다. 그때서야 아이들의 입이 열리고 조잘거리며 신나게 먹기 시작했다. 맛도 모르고 정신없이 자장면을 먹었다. 황당한 마음으로 먹어본 최초이자 마지막 자장면이었다.

그래도 절반 이상을 비웠다. 아이들의 성의에 최소한의 답은 하고 싶었다. 아이들은 아무렇지 않은 듯 맛있게 먹고 있었다. 자기들만이 수업 시간에 '아주 특별한 자장면'을 먹고 있다는 재미까지 붙은 것 같았다. 자장면을 거의 다 먹고 그릇을 치울 때쯤 나는 물었다.

"자장면 맛있게 먹었나요?"

"예!"

라는 대답은 편안했다.

같은 자장면을 먹었지만 아이들과 나는 동상이몽의 상황에 빠져 있었다.

그런데 또 다시 주희가 일어나더니

"선생님, 그런데요……."

조금은 머뭇거리더니

"계산을 못 했어요. 선생님이 해주셔야 해요."

다시 한 번 당혹감이 덮쳐왔다. 만우절의 거짓말이 아니라 실제 상황이었다. 또 난감해졌다. 아이들은 어려운 숙제를 계속 나에게 던져주고 있었다. 만우절치고는 너무 특별한 날이 되어버렸다. 어떤 답을 주어야 할까? 일은 아이들이 벌이고 뒷일은 나에게 넘겨졌다. 나름대로 지혜로운 해결책을 순간 고민했다. 그런데 가능한 빨라야 했다. 아이들의 눈망울은 여유를 주지 않고 나를 응시하고 있었기 때문이었다.

한순간에 많은 생각들이 교차했다. 내가 모두 지불하는 것은 너무 싱겁게 느껴지고 비용도 부담스러웠다. 짧은 시간이었지만 다행히 나름의 해결책 떠올랐다.

"여러분과 함께 나도 자장면을 먹었으니 이제 여러분과 한 배를 탄 꼴이 되었네요. 그러니 선생님도 일부를 부담할 수밖에 없을 것 같습니다."

아이들은 해맑은 미소로 나를 응시하고 있었다. 말은 없었지만 즐거운 표정은 감추지 못했다.

"여러분, 내가 절반을 내겠습니다. 하지만 여러분이 일을 꾸몄으니 여러분도 책임지는 모습은 있어야 합니다. 그러니 절반은 여러분이 내야 합니다."

햇병아리 교사의 궁여지책이었다. 하지만 지금 생각해도 후회가 되지 않는 결정이다. 아이들은 흔쾌히 "예에~!"라고 동의해주었다. 어떤 학생은 "선생님 고맙습니다."라고 토까지 달았다.

아이들은 나의 결정에 흡족해하는 것 같았다. 나중에 알게 된 일이지만 아이들은 나에게 덮어씌울 생각은 없었다고 한다. 단지 만우절 일탈의 즐거움을 최대치로 높이고 싶었던 것이다.

그런데 교장 선생님 눈에 띈 것이 화근이었다. 아이들이 신나게 자장면을 먹고 있던 그 시각, 교장 선생님은 이미 학생지도실에 조사 지시를 내려놓은 상태였다. 수업 시간에 무슨 자장면이 그리 많이 배달되었는지 관리자로서 의구심을 갖는 것은 당연했다.

끝종이 치고 내가 교무실로 내려간 사이, 자장면 사건을 주도한 아이들은 이미 지도실로 호출되었다. 철저한 조사가 이루어져 진상 파악까지 이미 끝나고 주동한 아이들은 약간의 고초까지 겪은 것 같았다. 조사 결과를 나에게 통보하였다. 아이들이 벌인 일이니 아이들이 모든 것을 책임져야 한다는 것이었다. 학교를 상대로 나의 입장을 밝힐 내공은 부족했던 시절이었다.

지금도 그 아이들을 생각하면 두 가지 미안함이 장작불 지피듯 되살아난다. 하나는 공짜로 자장면을 얻어먹은 일이다. 내가 약속했던 절반의 비용을 내지 못하고 끝나는 바람에 그때 그 아이들에게 약속을 지키지 못한 빚을 지고 있다. 또 하나는 내가 아이들을 전혀 보호해주지 못한 것이다. 내 수업 시간에 일어난 일인데도 내가 적극적으로 변호해주지 못했다. 지도실에서는 나와 관련된 일이 아니라 학교 차원의 일로 생각한 것 같다. 지도실을 상대로 아이들을 지켜줄 방도를 찾지 못한 것은 나의 부족함이었다.

만우절에 아이들이 꾸미는 대소사는 참 다양하다. 학년 바꾸기, 교복 뒤집어 입기, 책걸상 뒤로 보기, 교실 앞뒤를 바꿔 꾸미기 등은 애교 수준이다. 어떤 때는 모두 엎드려 잠든 척한다. 자고 싶다는 소망의 표현이다. 내가 들어가도 꿈쩍도 하지 않는다. 그럴 때는 구태여 깨우지 않는다. 자고 싶은 아이들은 재우면 된다. 장난으로 시작했지만 어느 새 깊은 잠에 빠져드는 아이들도 있다. 도저히 잠들지 못한 몇몇 아이들은 슬그머니 고개를 든다. 내가 미소를 지어주면 아이들도 미소로 응대한다.

시류가 변하는 만큼 만우절을 대하는 아이들의 행동도 바뀌었다. 예전 아이들이 만우절을 특별한 날로 생각하고 행동했다면 요즘 아이들의 행동은 잔잔하다. 예전에는 만우절이 다가오면 긴장감도 있었고, 아이들의 동태를 살펴야 하는 번거로움도 있었다. 하지만 요즘은 특별히 신경을 쓰지 않아도 될 정도로 만우절은 미미해졌다. 신경 쓸 일이 없어 부담은 없어졌지만 밋밋한 하루가 되어 가끔은 허전한 생각마저 들 때가 있다.

어쩌면 만우절은 아이들의 감춰진 끼가 마음껏 발휘되는 날이 될 수도 있다. 기상천외한 아이디어가 총동원되고 무모한(?) 생각들을 실천에 옮기게 된다. 평소에는 일탈 행위로 간주될 수 있는 일도 도가 지나치지 않으면 용서가 된다. 아이들이 귀엽게 일탈하는 경험은 어떻게 보면 창의성의 시작이다. 평소에는 혼날 것이 두려워 발휘하지 못했던 끼를 마음껏 발산해볼 수 있는 날이다.

현실의 규범이 아니라 여유를 가지고 아이들의 행동을 지켜봐주어야겠다는 생각을 근래에 하게 되었다. 교실 뒤쪽을 바라보고 있는 아이들을 보면서 교실 앞쪽만 보면서 공부하라는 법은 없구나, 하는 생각도 갖게 되었다. 아이들이 자유스럽게 생각하고 창의적으로 행동하는 날로 만우절이 자리매김하기를 기대한다.

# 6점이 4점에게

존중하는 마음이란?

> 사람이 한 번에 달라진다면 교육은 필요 없다.
> 컴퓨터는 한 번 입력되면 지워지지 않지만
> 인간은 한 번 입력하면 완성되는
> 단순하고 기계적인 존재가 아니다.
> 수없이 수정하고 덧칠을 하는 가운데 조금씩
> 달라지는, 변화무쌍하고 유동적인 존재다.

　중간고사 서술형 답안지를 아이들과 확인하는 시간을 가졌다. 아이들이 자신의 점수도 알고 자신들이 작성한 정답과 오답도 확인할 수 있는 시간이었다. 일부 학생들은 자신이 작성한 답안지의 흔적을 직접 본다는 점에서 긴장감을 느끼고 있었다.

　자신이 작성한 답인데도 한참을 유심히 살펴보는 아이가 있는 반면 무관심으로 대응하는 아이도 있다. 점수가 지극히 저조한 학생 중에는 나에게 미안해하는 표정까지 지어주는 아이도 있다. 이럴 땐 오히려 그 아이가 참 고맙다는 마음이 불현듯 든다. "선생님 죄송해요. 다음에 잘 볼게요."라는 말은 성적 이상의 의미로 다가온다. 나와 소통이 진행 중인 아이들 입에서 흔히 나오는 말이다.

그런데 남학생 반에서 직설적인 말을 쏟아내고 말았다. 한 명씩 나와서 자신의 답안지를 확인하는데 서술형 30점 만점에 4점, 6점도 더러 나온다. 그런데 6점을 맞은 학생이 4점을 맞은 학생보다 2점을 더 맞았다고 친구에게 면박을 주면서 환호성을 지른다. 자랑스럽지 못한 자신의 일부가 밝혀지는 상황인데도 무슨 생각으로 저런 긍정 이상의 행동을 할까!

점수가 낮은 남학생들에게 가끔씩 볼 수 있는 현상이었지만 오늘은 '이건 아니다'라는 생각이 들었다. 순간, 깨닫게 해줄 그 무엇이 필요하다는 생각이 섬광처럼 머릿속을 스쳐갔다. 일단은 웃으면서 마지막 아이의 정답과 오답 확인을 마쳤다.

학생들 중에는 생각이 있는 듯, 없는 듯 행동을 하는 아이들이 있다. 이런 아이는 발전도 변화도 언제 일어날지 기약할 수 없다. 교육의 힘이 필요하다는 생각이 절절하게 묻어나게 만드는 아이들이다. 깨닫지 못하면 부끄러운 행동인데도 부끄러워하지 않고 계속 반복하게 된다.

부끄러운 마음 하나만 갖고 있어도 살아가면서 과오를 줄일 수 있다고 믿어왔다. 부끄러운 마음이 있을 때 변화의 싹을 틔우는 것도 가능하다고 생각했다.

방금 전 부끄러움을 알지 못했던 아이들에게 어떤 말부터 시작할까? 순간 망설였지만 작심하고 전체를 대상으로 깨달음의 비수가 될 만한 말을 골라냈다. 평온해 보이는 아이들 마음속으로 순간 찾아든 폭풍은 건강한 긴장감을 심어줄 것이라는 믿음으로 입을 열었다.

특정 개인을 지목하여 직설적인 말을 쏟아내면 당사자에게 상처가 되고 부작용도 발생한다. 불특정 다수를 상대하기로 했다.

"여러분, 다들 선생님을 보세요."

아이들의 시선이 모였다.

"방금 전 나는 실망스러운 마음이 잠시 찾아들었습니다. 여러분은 부끄러움에 대해 생각해본 적이 있습니까? 부끄러움이란 자신의 그릇된 행동과 생각을 깨닫는 것입니다. 부끄러움을 아는 사람은 올바른 생각과 행동을 할 수 있게 됩니다. 방금 전 여러분들로부터 실망을 느낀 이유는 여러분의 서술형 점수가 낮아서가 아닙니다. 무슨 생각을 하고 사는지 부끄러워할 줄 모르는 학생들이 많은 것 같아서 그렇습니다."

평소보다 언성을 조금은 높여나갔다.

"어떻게 빵점이 아니고 6점이라고 환호성을 지르고, 4점 맞은 누구보다 더 잘했다고 좋아하고, 무슨 생각들을 가지고 있으면 이렇게 즐거워하게 됩니까?"

다소곳해진 아이들의 모습은 나에게 더 많은 힘을 실어주었다.

"여러분! 부끄러워할 줄 모르는 사람은 변화도 발전도 시작할 수 없습니다. 부끄러운 자신의 모습 앞에서는 자세를 낮추어야 합니다. 그런 학생만이 그 부끄러운 모습을 지워나갈 수 있게 됩니다. 지금은 학생 신분이라 묻어갈 수 있습니다. 그리고 철없는 행동에도 그냥 웃어줍니다. 여러분은 열여섯 살입니다. 앞으로 고등학교 3년만 지나면 사회에도 진출할 수 있게 됩니다. 집에서 새는 바가지 밖에서도 새는 법입니다. 오죽하면 세 살 버릇 여든까지 간다고 했을까요? 이는 무엇이 중요함을 일깨우는 말일까요?"

잠시 기다리자 그래도 몇몇 학생들 입에서

"습관이요."

라는 말이 흘러나왔다.

이런 분위기에서도 아이들이 입을 여는 것을 보니 그동

안 아이들과 소통하려 노력해 온 보람이 있었다는 생각과 안도감이 교차했다. 시작은 무거웠지만 아이들의 대답에 희망이 부풀어 올랐다. 아이들의 눈빛도 순간 진지해졌다.

"여러분 주변에서 어른인데도 무시당하고 사는 경우를 본 적이 있습니까, 없습니까?"

"있어요."

일부 아이들 입에서 답이 나왔다. 그리고 많은 아이들이 고개를 끄덕여 주었다. 아이들의 대답은 내가 이야기를 더 이어나가도 될지에 대한 신호등 역할을 해주었다.

"생각 없이 행동하면 여러분도 그 무시당하는 부류에 속할 수가 있습니다. 세상에서 가장 소중한 존재가 자신인데 왜 무시당할 행동을 합니까? 평소에 열심히 살지 못한 것을 반성하는 사람이 되기 바라고 부끄러워할 줄도 아는 사람이 되기를 선생님은 진심으로 바랍니다. 사람은 하루 아침에 바뀌지 않습니다. 습관을 확 바꾸는 것이 쉽지 않다는 것을 선생님은 누구보다 잘 압니다. 다음 시간에는 조금이라도 달라져 가는 여러분을 기대해보겠습니다. 여러분, 공감이 됩니까?"

모두들 "예!" 하고 힘찬 목소리로 합창을 해주었다.

남학생들의 시원시원한 대답도 또 다시 곧 시들어버릴

수도 있다. 하지만 조금은 진지해진 모습에서 긍정의 씨앗을 다시 심어보게 되었다. 이 씨앗이 내일 말라비틀어지면 다시 심는 것이 농부의 마음이요, 교육하는 사람들이 하는 일이고 그래서 교육이 필요한 것이라는 생각이 들었다.

뭔가 느꼈는지 수업 시간 내내 아이들의 행동이 조신해졌다. 하지만 뒤돌아서면 금세 요요 현상이 오는 학생들도 많을 것이다. 그러나 단 1%라도 달라진다면 그것이 교육 아닌가.

사람이 한 번에 달라진다면 교육은 필요 없다. 컴퓨터는 한 번 입력되면 지워지지 않지만 인간은 한 번 입력하면 완성되는 단순하고 기계적인 존재가 아니다. 수없이 수정하고 덧칠을 하는 가운데 조금씩 달라지는, 변화무쌍하고 유동적인 존재다.

쉬는 시간에 복도에서 영민이와 마주쳤다.

"선생님, 아깐 죄송했어요."

순간 만감이 교차하였다.

고마움 속에서 울컥 올라오는 감동을 간신히 수습하고 어깨를 토닥토닥 두드리며 "고맙다."라는 말로 대신했다.

원래 존중이란 '나와 다른 남을 인정해주는 배려'이다. 하지만 잘못된 것을 바로잡아주는 것도 교사가 학생을 존중하는 행위라고 생각한다. 타인의 단점을 알면서도 눈감아버리는 것은 진정으로 존중하는 관계가 아니다. 그것은 방치이자 무관심이다. 학생들을 흔히 '1년 자식'이라고들 하는데 나 역시 그동안 '1년만 잘 버티면 되지' 하고 살아오지는 않았는지 되돌아본다.

평온한 호수에 큰 돌을 던지면 순간적으로 큰 파장은 일어나지만 호수는 금방 돌을 품어버린다. 돌이 수면 아래로 가라앉아 자취를 감추면 언제 그랬냐는 듯이 다시금 평온이 찾아든다. 그러나 작은 냇가에 돌을 던지면 돌끼리 부딪치는 파열음을 내면서 그 흔적들을 고스란히 보여준다. 작은 냇물로는 돌을 품을 수 없다.

배려하고 존중하는 마음은 넓은 호수를 만들어내는 일이라는 생각이 들었다. 나의 높아진 목소리에도 진지하게 들어주고 나중에는 웃음으로 화답해주는 아이들이 한없이 고맙게 느껴졌다. 아이들과 사전 소통이 있어야 나의 말을 반겨준다는 사실을 깨달으면서 아이들에게 어떻게 다가가야 할지는 항상 숙제처럼 따라다닌다.

평소 진정성을 가지고 아이들을 대하는 것은 어려운 문제가 생겼을 때 원활한 소통을 위한 일종의 저축이다. 아이들이 나의 충고를 기꺼이 받아들이는 모습은 인간관계에서 느낄 수 있는 가장 큰 보람이자 정겨움이었다. 아이들 눈높이에서 존중해줄 때 아이들도 자신들이 인격체임을 느 낀다는 평범한 진리를 다시 한 번 깨닫는다.

# 네 개의 질문

삶의 기초와 공부의 기초, 모든 길은 통한다

아이들은 대단히 성급하다. 성이 빨리 쌓아지지 않으면 금방 포기하려고 한다. 성을 쌓는 과정을 알려주어야 했고, 그 과정은 인내심이 필요하다는 사실도 알려주어야 했다.

3교시가 끝난 후 쉬는 시간에 주선이가 찾아왔다.

"선생님, 질문할 게 있어요. 그런데……, 좀 많아요."

네 개의 질문이 메모지에 적혀 있었다. 질문하러 아이들이 자주 찾아오지만 주선이는 처음이었다. 나에게 있어 가장 기쁜 일 가운데 하나는 아이들이 찾아와주는 것이다. 나의 존재 이유가 드러나는 순간이기 때문이다. 그래서 아무리 피곤해도 아이들이 찾아오면 어디선가 에너지가 솟구친다.

주선이의 첫 번째 질문은 사회주의와 자유방임주의가 어

떻게 다른지 잘 이해가 안 된다는 것이었다. 그리고 역사
가 어렵다는 것이었다. 쉬는 시간에 설명하기에는 시간이
충분하지 않았다. 역사를 왜 어렵게 느끼는지도 진단해야
했다. 기초 학력이 부족한지, 집중은 잘 하고 있는지, 복습
은 어느 정도 하는지, 복습을 한다면 어떻게 하는지도 알
아야 했다. 문제점을 알아야 해결책을 찾을 수 있기 때문
이다.

　사회주의를 설명하려면 산업혁명부터 시작해야 했다. 좋
은 일에도 빛과 그림자가 있기 마련이다. 산업혁명의 결과
도 양면성을 가지고 있다. 긍정적인 요소와 부정적인 요소
다. 긍정적인 요소에 취해서 살아가는 사람보다는 부정적
인 요인을 개선하려는 사람들이 역사를 발전시켜 왔다. 정
반합이 사회를 진화시켜 왔다. 산업혁명의 가장 큰 그림자
는 치유하기 어려울 정도의 빈부의 격차였다. 가지지 못한
자를 위한 사회주의도 산업혁명의 부산물이다.

　나는 주선이의 기초 실력을 확인하고 싶었다. '사(私)' 자
를 한자로 썼다. 그리고 읽어보라고 했다. 그러나 주선이는
읽지 못하고 난감한 표정을 지었다. 겸연쩍은 미소에 고개
까지 갸우뚱거리며 내가 알려주기를 바라는 눈치였다. '생
활(生活)'이라는 한자를 '사(私)' 자 뒤에 써주고 다시 읽어보

라고 했지만 역시 읽지 못했다. 1학년 때 주당 3시간씩 한자 교육을 받았지만 3시간의 의미가 살아 있지는 않았다.

비단 한자 교육만이 아니다. 입시와 관계없는 과목은 관심이 확 떨어진다. 교육은 입시 환경에 끌려가고 있는 중이다. 대입 수학능력시험은 블랙홀과 같은 제도이다. 한 방에 모든 것이 결정된다. 모두가 그 한 방을 쫓고 있다. 그러니 입시와 관련 없는 교과목과 인성에 대한 집중력은 봄날 아지랑이와 함께 춘곤증에 휩싸인 모습 같다. 과정은 중요하지 않다. 결과가 중요한 교육이다. 학교에서 잠을 자도 자신은 염려하지 않는다. 학원에서 결과를 만족시켜주기 때문이다. 대한민국 교육은 지금 '부주의의 맹목성'에 빠져 있다. 입시 제도가 되레 진정한 교육을 망치고 있는 것이다.

주선이에게 '생활'이라고 읽어주었다. 그리고 '사(私)' 자는 '개인'을 뜻한다고 말해주었다. 그리고 읽어보라고 했다.

"아하, 사생활(私生活)!"

글자의 조합을 깨닫고 기뻐하는 모습이었다. 그리고 '유(有)'를 쓰고 아느냐고 물었다. 다행히 '유' 자는 알고 있었다. 사(私) 자를 알게 되었으니 '사유(私有)'라고 읽었다. 목소리에서는 약간의 자신감도 묻어났다.

'사유(私有)'란 '개인이 가지고 있다'는 뜻으로 해석할 수 있다고 알려주었다. 그리고 사유(私有) 뒤에 '재산'이라는 글자를 써주고 읽게 했다. 사유재산이라고 읽었다. "그럼 사유재산의 뜻이 무엇이니?"라고 묻자 '개인이 가지고 있는 재산'이라는 선명한 대답도 내놓았다.

사유재산은 사회주의를 이해시키기 위한 단어였지만 중학교 3학년으로서는 이미 알고 있었어야 할 지식이기도 하다. 하지만 주선이는 구조적, 계통적인 지식이 부족한 상태였다. 그리고 집중해서 복습하는 것도 부족했다. 역사를 어렵게 생각하는 이유가 있었고 본인에게도 설명하자 어렴풋이 자신의 문제점을 깨달았다.

작은 틈으로 들어오는 밝은 빛이 주선이를 환하게 비추고 있었다. 시작종이 치자 주선이는 먼저 "선생님 점심시간에 또 와도 괜찮아요?"라는 적극적인 제안을 해왔다.

기초가 있어야 다음 단계의 성벽을 쌓아나갈 수 있다. 재료가 풍부할수록 성을 빨리, 튼튼하게 쌓을 수 있다. 기초 재료가 부족하면 성을 쌓는 속도가 더디다. 튼튼하게 쌓을 수도 없다. 재료가 부족하기 때문이다. 그러나 아이들은 대단히 성급하다. 성이 빨리 쌓아지지 않으면 금방 포기하려고 한다. 성을 쌓는 과정을 알려주어야 했고, 그 과정은 인내심이 필요하다는 사실도 알려주어야 했다.

기계적으로 지식을 받아들이는 아이들이 많다. 공부를 하면서 왜 공부를 하는지에 대한 의문은 잘 품지 않는다. 오늘 주선이는 왜 그런지를 사유하기 시작했다. 첫술에 배부르지 않듯이, 조금씩 조금씩 주선이가 탐스런 열매를 하나씩 맺어갈 것이란 믿음이 생겼다.

공부만이 아니라 내 인생도 그랬다. 기초가 부족한 삶은 자신감도 자존감도 엉성했다. 무지의 용기만 무성했다. 무지했다는 사실을 나는 알지 못했다. 그러니 이웃은 배려하지 않고 목소리 크면 이기는 줄 알고 용감하게 목소리를 키웠다. 무지했다는 사실을 알고서야 부끄러움을 알게 되었다. 사유하기 시작한 만큼 날이 가고, 달이 가고, 해가 가면서 주선이는 나처럼 무지의 용기를 부리는 시행착오는 겪지 않을 것이란 희망을 품어보았다.

# 장보고와 장영실은 형제야?

편협함에서 벗어나기

> 편견과 편협함은 관점의 고정이었다.
> 관점의 고정은 무지에서 출발하고 있었다.
> 다른 시각을 갖지 못한 것은 다른 생각을
> 할 만한 경험이 없었기 때문이었다.
> 하나만 알고 둘은 모르는 무지였다.

5월 중순 2학년 역사 시간이었다. 단원은 왕위 쟁탈전이 격심했던 신라 하대였다. 골품제도의 한계 속에서 비운의 생을 마감한 장보고 이야기가 등장했다. 장보고는 동아시아 해상권 장악이라는 위용의 흔적만 남긴 채 역사 속으로 사라져야 했다. 장보고의 삶 앞에서 느끼는 아쉬움을 아이들도 공감하고 있었다.

그런데 이때 윤정이가 유미에게 핀잔을 주면서 웃고 있었다. 사연인즉,

"그럼 장보고하고 장영실은 형제야?"

라고 내뱉은 유미의 말이 순식간에 주변에 화제를 뿌린 것이었다. 몇몇 아이들은 유미에게 '그것도 몰랐느냐'는 식이었다. 뒤늦게 이 사실을 알아차린 나는 수습이 필요함을 느꼈다.

"장보고는 신라 시대 사람이고, 장영실은 조선 시대 사람입니다. 유미 외에 다른 학생들은 장보고와 장영실의 관계를 잘 알고 있었나요?"

일부 학생들의 입에서 "예."라는 답이 나왔다. 하지만 유미처럼 구분을 못하고 있었던 아이들도 더러 있었다. 그러나 유미처럼 궁금증을 뱉어내지 못했다.

"장영실은 미천한 신분이었지만 세종대왕이 장영실의 뛰어난 과학적 재능을 인정하여 상호군이라는 높은 관직까지 오를 수 있었던 인물입니다. 조선은 신분 사회였습니다. 그러나 신분을 초월한 실용적인 안목이 세종대왕에게 있었기 때문에 가능한 일이었습니다. 대단하지 않나요?"

"예!"

라는 대답과 함께 상황은 잠잠해졌다. 유미로 인하여 아이들은 오히려 장영실을 더 잘 알게 되었다는 여운을 느끼고 있었다. 유미의 무안함은 수그러들었고 소란도 자연스럽게 수습되었다.

그리고 1주일이 지난 어느 날 차시 예고를 하게 되었다.

"여러분, 다음 시간부터는 고려 시대를 배우게 됩니다."

그러자 민진이가 신나는 표정을 지었다.

"고려 짱 좋아!"

고려에 대한 지식이 풍부한 듯했다. 자신이 잘 알고 있는 역사를 배우게 된다는 기대감과 여유였다. 그런데 이번에는 지난번보다 더 큰 화젯거리를 낳고 말았다. 이번 사연 역시 지난번에 장보고와 장영실을 형제 관계로 생각했던 유미가 주인공이었다.

유미 왈,

"지난번에 고구려 배웠는데 왜 고구려를 또 배워?"

라고 친구에게 말한 것이었다. 유미는 '고려'와 '고구려'는 같은 나라라고 생각했다. '고려'라는 말은 '고구려'를 줄여서 부른 것이라고 생각했기 때문이었다. 주변에서는 다시 한 번 난리가 났다.

"야, 고려와 고구려는 다른 나라야!"

라고 또 무안을 주고 있었다. 유미는 궁금증을 갖고 불쑥 말을 꺼냈지만 아이들은 또 핀잔을 주고 있었다. 이번에는 유미의 질문이 지극히 자연스럽다는 것을 아이들에게 깨우쳐주고 싶었다. 다행히도 유미는 친구들 말에 크게 개의치는 않는 표정이었다.

"여러분, 잠깐 선생님을 보세요."

아이들은 평소와 다른 나의 어투에 빠르게 집중했다.

"여러분들은 지금부터 유미를 닮아야 합니다."

아닌 밤중에 홍두깨 격인지, 모두 의아한 표정들이었다.

"지난번 유미가 몰랐던 것처럼 여러분 중에도 '장보고
와 장영실 관계'를 모르는 사람이 있었습니다. 그리고 오늘
도 '고려와 고구려'를 정확하게 구분 못하는 사람은 유미뿐
만이 아닐 것입니다. 모르는 것은 죄가 아닙니다. 모르면서
묻지 않는 것이 문제가 됩니다. 그런 면에서 유미는 발전할
가능성이 높은 학생입니다. 유미는 용기 있는 학생입니다.
공부는 남하고 비교하는 것이 아니라 내가 궁금한 것을
하나씩 알아 가는 과정입니다. 유미의 말은 칭찬받을 일입
니다."

그러자 유미가 겸연쩍어하면서도 "맞아."라고 친구들에
게 애교 있게 항변했다.

"여러분, 유미의 지적 호기심에 우리 모두 박수를 보내
줍시다."

모두 웃으면서 박수를 보냈고 유미의 얼굴에도 환한 미
소가 피어났다.

아이들은 이해를 시켜주면 빨리 깨닫고 생각을 수정할 줄 아는 놀라운 유연성을 지니고 있다. 이해하지 못했으니 깨닫지 못하는 것이고 그것이 잘못된 행동으로 이어지는 것이다. 다양성이 필요한 사회이지만 다양성을 인정하지 못하는 것은 자기중심적 사고가 지배하고 있기 때문이다. 다양성보다는 특정한 패턴만을 정석으로 여기는 풍조에 아이들까지도 은연중에 젖어 있었다. 자기중심적인 편견과 편협한 사고에서 벗어나려면 유연한 사고를 길러야 했다. 그것이 무엇일까?

아이들에게 2년 전 내가 경험했던 자영이의 예를 들어주었다. 자영이는 부모님을 따라 외국에 체류하다 중학교 1학년 때 전입하였다. 자영이는 2학년 때 역사 시간에 만났고, 방과 후 시간에도 다시 만난 학생이었다. 외국에서 체류한 탓에 국어와 역사가 약했다. 하지만 자영이는 미국에서 공부하던 습관대로 끊임없이 궁금한 점을 질문하고 나를 찾아왔다.

질문은 아주 기초적인 내용이 더 많았다. 질문을 하는 것은 궁금하기 때문이었다. 그것이 자영이에게는 질문의 본질이었다. 질문을 하면서 다른 사람들을 의식하지도 않았다. 자영이는 필요한 책도 꾸준히 읽어나갔다. 2학년 학기

초 역사 성적이 하위권이었던 자영이의 변화는 놀라웠다. 2 학기 말 무렵 방과 후 평가에서 공동 1등을 하였다.

"여러분! 공부는 궁금증을 가져야 합니다. 왜 그런지를 끊임없이 생각해야 합니다. 그리고 질문으로 이어져야 실력을 쌓을 수 있게 됩니다. 여러분의 선배 자영이가 보여주었습니다. 여러분도 선배 자영이 언니처럼 그리고 유미처럼 질문하는 습관을 가져야 합니다. 공감이 된다면 큰 박수를 쳐보세요."

아이들도 깨달음이 있는 듯 힘차게 박수로 화답했다. 핀잔을 준 것은 자기중심적인 편협함 때문이었고 유미의 입장을 이해하지 못했기 때문이었다. 아이들의 편견과 편협함은 인성 교육은 뒷전이고 입시만을 위한 지식 교육, 성적 위주 교육에서 비롯된 것이기도 하다.

편협한 사고란 '한쪽으로 치우쳐 있어 생각하는 것이 좁고 너그럽지도 못한 것'으로 정의할 수 있다. 영화 「다우트」(2008)는 도덕적 신념으로만 가득 찬 교육자의 편견과 편협함이 어떤 비극을 초래하는지를 잘 그리고 있다.

교장 수녀 알로이시스(메릴 스트립 분)는 교육자로서, 그리고 수녀로서 사랑과 배려가 넘치는 사람이어야 했다. 하지만 그녀는 도덕적 강박관념에만 완고하게 사로잡혀 있었다.

당위론적 도덕심만 꽉 차 있는 콘크리트 같은 심장에는 사랑과 배려가 스며들 틈이 없었다. 그러다보니 확실한 물증도 없이, 남자 아이와 상담 차원에서 가깝게 지내던 신부 교사를 몰아내는 데 집착한다. 눈에 보인 어떤 행동 하나에서 신부 교사가 아이를 성추행했을 것이라 확신했기 때문이다. 도덕적 편견의 포로가 된 결과였다. 정작 도덕을 실천하는 데에 꼭 필요한 사랑과 배려는 하위개념이 되어 버렸다.

　나도 알로이시스 교장 수녀 같은 행동을 무의식중에 하고 있지는 않을까?

　하루 수업이 끝난 어느 날 오후, 3층 교실에서 우연히 아래를 내려다보았다. 3명의 아이들이 한 아이를 추궁하고 있었다. 소리는 들리지 않았지만 추궁을 받는 아이는 죄인인 양 고개를 떨구고 3명에게 둘러싸여 있었다. 분명 3명은 나쁜 아이들 같았다. 추궁을 하던 3명은 이내 가 버렸다. 나는 곧바로 1층으로 뛰어 내려가 추궁을 받았던 아이와 상담을 했다. 그 아이를 도와주고 싶었기 때문이었다.

　하지만 진실은 나의 예상과 정반대였다. 추궁받던 아이가 악담을 하고 다닌 것이었다. 이 아이는 3명과 친구 사이였는데 친구들이 자기와 잘 놀아주지 않자 다른 아이들에게 좋지 않은 소문을 내고 다닌 것이다. 친구 3명은 그 소문의 진위 여부를 확인하기 위해 이 아이를 에워쌌던 것이다. 아이는 자신이 경솔했음을 후회하고 있었다.

사실 확인이 없었다면 3명을 나쁜 아이들로 오해하고 끝날 뻔했다. 진실을 찾으려 하지 않고 그저 보이는 모습에서 진실을 확정해버릴 뻔했다. 보이는 것이 전부가 아니라는 이치를 또 다시 느꼈다. 3명의 아이들에게 미안한 마음이 들었다. 나 역시 알로이시스 교장 수녀와 같은 길을 걸을 뻔했다.

사고의 고정은 위험하다. 편견과 편협함은 자신으로 끝나지 않고 다른 사람에게까지 피해를 주게 된다는 생각이 미치자 소름이 돋아났다. 이웃과 불필요한 언쟁을 벌이고, 친구와 날선 각을 세우고, 사랑하는 사람을 힘들게 하고 상처를 안겨주는 것도 편협함이 자리 잡고 있었기 때문이라는 생각이 들었다.

편견과 편협함은 관점의 고정이었다. 관점의 고정은 무지에서 출발하고 있었다. 다른 시각을 갖지 못한 것은 다른 생각을 할 만한 경험이 없었기 때문이었다. 하나만 알고 둘은 모르는 무지였다. 이때 접한 일본 메이지대학 문학부 교수 사이토 다카시의 책 『독서력』은 나로 하여금 편협함에서 벗어날 것을 주문하고 있었다. 무지에서 벗어나게 해주는 것은 독서였다. 다양한 책을 많이 읽은 아이가 편협함에 사로잡히는 일은 거의 없었다.

"모순되고 복잡한 사실들을 마음속에 공존시키는 것, 독서로 기를 수 있는 것은 바로 이 복잡성의 공존이다. 편협한 사고에서 탈피하여 다른 사람을 부드러움, 이것이 독서로 가꿔지는 강인한 자아의 모습이다."

"독서는 자신의 좁은 세계에 틀어박혀 옹고집이 되거나 자신의 불행에 마음을 모두 빼앗기는, 그런 편협한 사고에서 벗어나게 해주는 강력한 힘을 갖고 있다."

사이토 다카시의 말은 편협함을 가진 사람들에게 해당되는 일이었다. 아이들을 지도해야 할 나에게는 더 큰 자극제였다.

출신이 미천한 장영실을 정3품의 무반직까지 오르게 해주었던 세종대왕의 실용적인 넓은 안목이나 아버지 사도세자를 죽인 정치적 적들까지 품었던 정조의 포용력은 어디서 왔을까? 두 왕의 공통점은 독서광이었다는 것이다. 그들의 포용력은 독서에서 나왔다.

책 속에 답이 있었다. 아이들의 그릇을 키워주는 것은 독서였다. 커진 그릇 속에서 편협함은 설 자리를 내주고 있었다. 올해는 졸업고사가 끝나면 곧바로 아이들과 함께 독서 계획을 세우고 독서의 힘을 함께 느껴야겠다. 서로의 다름을 인정해주는 포용력을 아이들과 함께 넓혀가기를 소망해본다.

# 장미꽃보다 냉이꽃

교육은 관찰이다

교실에는 장미꽃 같은 아이들이
있는가 하면, 호박꽃처럼 미래를
기대하게 되는 아이들도 있고, 냉이꽃처럼
존재감을 확연히 드러내지 않는
아이들도 있다.

봄이 되면 온갖 꽃들이 얼굴을 조심스럽게 내민다. 그중에서도 봄소식을 진솔하게 전해주는 꽃이 냉이꽃이다. 좋은 곳 나쁜 곳 가리지 않고 어디서나 잘 자란다. 걱정을 끼치지 않으니 효성이 지극한 자식과 같은 꽃이다.

냉이는 꽃이 피기 전부터 우리의 입맛을 사로잡는 봄의 전령사다. 하지만 냉이꽃은 화려하지도 않고 매우 작다. 지천에 깔려 있다 보니 존재감도 별로 없다. 당연히 별로 주목받지 못하는 꽃이다. 하지만 자세히 들여다보면 여느 꽃보다 정감이 묻어난다.

냉이꽃은 들판을 하얗게 물들이면서 봄을 알린다. 멀리서 보면 볼품없는 꽃들이 점점이 흩어져 있다. 그래서 냉이꽃의 진실을 알려면 냉이꽃과 눈높이를 맞추고 코앞에서 살펴보아야 한다. 냉이꽃의 미소를 보려면 상당한 정성이 필요한 것이다. 쌀눈 크기 정도의 자잘하고 새하얀 꽃잎이 모여서 작은 꽃송이 하나를 만들어낸다. 앙증맞은 꽃잎 넷이 수술을 감싸고 살포시 웃어준다. 소박하고 순수한 미소다.

늦은 봄 담장을 감싸며 피어나는 장미는 화사함과 아름다움 자체다. 계절의 여왕 5월을 대표하는 꽃답다. 장미의 아름다움을 능가하는 꽃을 나는 아직까지 찾지 못했다. 눈에 보이는 아름다움이 매우 큰 꽃이다. 시들고 나면 사람들 시선에서 멀어지고 초라하기 짝이 없지만 아름답게 피어난 모습에서 할 일을 다한 꽃이다. 아름다운 만큼 존재감도 크다보니 장미꽃은 사람들의 관심도 높고, 예쁘다는 칭찬도 참 많이 받는다.

호박꽃은 여름철 농가 어디서나 흔하게 볼 수 있는 꽃이다. '왜 못생김에 비유했을까?' 하는 궁금증이 생기는 꽃이기도 하다. 내가 보기엔 못생긴 꽃은 아니기 때문이다. 꽃병에 꽂을 수 없기 때문일까? 고정관념 때문에 피해를 보는 꽃이 아닐까. 호박꽃에는 벌들도 자주 드나든다. 먹을 것이 많은지 벌은 수술에 범벅이 된 채로 넉넉한 공간에서 한참을 머물다 간다. 벌들이 좋아하는 것을 보면 꽃임에는 틀림없다. 향기가 적지만 그것이 전부는 아니다. 둥글 둥글한 호박을 선사하는 후덕함이 묻어나는 꽃이다. 어린 호박은 된장국으로, 전으로, 누구에게나 사랑받는다. 커다란 호박잎에 가려 사람 손을 타지 못한 채 늙어 버려도 좋다. 늙은 호박은 부드럽고 달콤한 호박죽으로, 부기를 빼는 데 좋은 호박 삶은 물로 사람들이 반긴다. 호박꽃은 풍성한 결실을 안겨주는 것이, '싹수가 보이는' 아이들 같다. 화려한 아름다움을 자랑하는 장미와는 달리 호박꽃은 보이는 것이 전부가 아닌 꽃이다.

교실에는 장미꽃 같은 아이들이 있는가 하면, 호박꽃처럼 미래를 기대하게 되는 아이들도 있고, 냉이꽃처럼 존재감을 확연히 드러내지 않는 아이들도 있다. 살포시 얼굴을 내밀지도 않는 아이들이다. 관심을 가져주기 전에는 주목받지 못하는 조용한 아이들이다.

내가 다가가지 못했으니 그 아이는 자기의 마음을 보여주지 않았다. 그러니 무엇을 잘하는지도 잘 알지 못했다. 꿈이 있는지도 알지 못했다. 무슨 생각을 하며 사는지도 몰랐다. 그래서 혼자서 지내는 것이 편한 것처럼 보이는 말이 없는 아이로 여겨졌다. 정성을 들여야 냉이꽃의 진실을 볼 수 있듯이 관심과 따뜻한 사랑이 있어야 존재감을 드러내는 아이들이다.

냉이꽃 같았던 한 아이는 3학년이 되었을 때 나와 처음으로 상담을 했지만 별다른 대답을 하지 않았다. 가족 관계의 어려움도 특별히 말하지 않았다. 어려움이 없다는 듯이 말했다. "집에서는 행복하니?"라고 내가 물었을 때 고개를 끄덕였다. 그렇지만 속마음을 드러내지는 않았다. 입술을 조금 움직이는 미소가 전부였고, '예', '아니요'가 소통의 대부분이었다.

래포가 형성되지 않은 탓에 친밀감도 신뢰감도 부족했다. 상담은 상호 소통이 아니라 내가 던져주는 말이 대부분이었다. 한참을 이야기했지만 만남을 더 가져야 했다. 상담이 끝나고 나서도 나의 말에 어느 정도까지 공감을 했는지 알 수는 없었다. 표정만 읽혀졌다. 하지만 첫술에 배부를 수 없듯이 소통에 욕심은 내지 않았다.

그런데 상담을 한 지 사흘이 지났을 때 냉이꽃처럼 보였던 미숙이가 교무실로 찾아왔다. 바늘과 실이 오가며 예쁘게 수놓은 아기 손바닥만한 크기의 앙증맞은 자수를 나에게 내밀었다. 한 개도 아니고 무려 다섯 개였다. 한눈에도 정말 소중하게 느껴지는 자수였다. 미숙이의 정성스런 손길이 수없이 오고 갔을 물건이었다. 한 땀 한 땀 수놓아진 자수에는 꽃송이들이 가득했다.

미숙이는 잔뜩 수줍은 미소를 짓고 있었다. 나의 반응을 살피는 것 같았다.

"미숙아, 고맙다."

소통도 제대로 못한 상태였는데 미숙이가 불쑥 찾아온 것은 너무 뜻밖이었다. 자수는 쉽게 내어줄 수 없는 미숙이의 분신과 같은 것으로 보였는데 나에게 아낌없이 준 것이다. 미숙이의 순진무구한 마음은 나의 가슴속을 적시고 또 적셔주었다. 뭉클해진 마음을 간신히 가라앉히고 미숙이의 손을 잡고 고맙다는 말을 다시 전했다. 그런데 미숙이는 되려 내가 자수에 대한 관심이 덜 할까 걱정이 되어서인지,

"이거 제가 초등학교 6학년 때부터 간직한 거예요."

라는 말을 덧붙였다. 나는 얼른 책상에 깔린 유리 밑에 자수를 넣어 책상 위에서 자수 꽃들이 얼마나 아름답게 피어나는지 보여주었다.

"예쁘구나. 미숙이는 손재주가 정말 섬세하구나! 그런데,

너무나 뜻밖인데, 좋은 일이 있나 보다."

미숙이는 수줍은 미소를 지으며

"선생님이 상담할 때 꿈이 생기면 오라고 했잖아요. 저 꿈이 생겼어요. 선생님하고 지난 번 상담하고 마음이 편해졌어요. 세상에서 제일 소중한 것은 자기 자신이라고 해주신 말씀이 좋았어요. 더 이상 아빠 미워하지 않고 열심히 공부해서 특성화고에 갈 거예요."

내성적이고 자신감이 없었던 미숙이가 스스로 다가와 던진 말이었다. 마음을 쉽게 열지 않았던 미숙이에게 나는 가장 일반적인 말들을 던졌을 뿐인데 미숙이는 속으로 반응을 했던 것이다. 마음을 열었다는 사실이 한없이 고맙게 느껴졌다. 별다른 노력도 하지 않고 미숙이의 믿음을 얻게된 것 같아 오히려 미안한 생각이 들었다. 미숙이는 지난번 상담 때 응어리진 말투로

"선생님, 술은 누가 만들었나요?"

라는 말을 툭 던지고 더 이상 말을 잇지 못했던 아이다. 더 이상의 말을 하려 하지도 않았다. 그래서 마음이 편해지면 다시 말하자고 했었다. 아버지와 단 둘이 살던 미숙이는 술을 너무 좋아하는 아버지의 술주정에 많이 지쳐 있었다. 희망도 없이 무기력한 상태였는데 문득 자기 자신을

깨닫게 되었고, 자신을 위해 살아야겠다는 생각이 들었다는 것이다. 고등학교를 졸업하면 일찍 취직해서 경제적 자립을 하고 싶은 꿈도 갖게 되었다고 했다.

미숙이의 꿈이 시들지 않아야 했다. 그 꿈에 꾸준히 물을 주는 것은 나의 몫이었다. 꿈이 자라나는 만큼 희망은 더 커질 것이고, 희망이 커지는 만큼 행복을 꿈꾸는 시간도 미숙이에게는 더 많아질 것이라는 믿음이 생겼다.

냉이꽃처럼 세심한 관찰과 관심이 있어야 잘 볼 수 있었던 아이였다. 하지만 관심을 적게 받은 냉이꽃 같은 미숙이는 작은 배려에도 빠르고 크게 반응한 것이다. 장미꽃 같은 아이는 언제나 관심도 칭찬도 많이 받고 긍정적인 말도 많이 듣는다. 그러니 어지간한 말에는 그다지 큰 반응이 일어나지 않는다.

말이 없는 아이로 묻혀 버릴 수 있었던 미숙이와의 소통은 고마운 마음이 무엇인지 느끼게 해주었다. 나를 가르쳐주고 깨닫게 해준 것은 미숙이였다. 미숙이와 소통으로 진정성의 의미를 알게 되었고 냉이꽃은 나에게 소중하게 다가오는 꽃이 되었다.

# 5월이 오기 전에 버릴 것들

지식보다 인성이다

시험 문제 한 문제 더 맞았다고 해서
인생을 살면서 표가 나지는 않습니다.
하지만 함께 사는 공간에서
휴지를 버리는 사람은
금방 알아볼 수 있습니다. 그리고
그것은 인격입니다.

가뭄 끝에 고마운 단비가 내렸다. 이틀에 걸쳐 내린 비는 대지를 축축하게 적시고 생명들을 꿈틀거리게 만들었다. 학교 화단에 심었던 시들시들한 고추 모종도 고개를 빳빳이 세우고 싱싱함을 과시하고 나섰다.

4월 마지막 날이다. 비가 그친 아침 햇살은 눈이 시리도록 맑았다. 창문마다 잘게 쪼개져 들어오는 햇살에 상쾌한 마음이 절로 드는지 반 아이들도 햇살만큼이나 표정들이 밝아 보인다.

오늘은 중간고사 마지막 날이기도 하다.

"선생님, 어제 비가 와서 걱정했는데 오늘 날씨 너무 좋은데요."

사승이가 환한 얼굴로 말을 건넨다. 오늘은 우리 반 모두가 한마음으로 맑게 갠 날씨를 고대하고 있었다. 시험이 끝나는 오늘은 축구 시합을 하기로 했기 때문이었다. 아이들은 기대감으로 들떠 있었다.

아이들은 흑팀과 백팀으로 이미 편을 가른 상태다. 학급 자치회의를 통해 청팀과 백팀으로 하자는 말도 나왔지만 아이들 대부분이 흑장미, 백장미를 선호했다. 자연스럽게 팀 이름도 흑팀과 백팀으로 나누었다. 자치 활동이 활성화되어 갈수록 아이들은 웬만한 문제는 스스로 해결하고 있었다. 내가 할 일은 스스로 결정하는 능력이 커져가도록 도와주는 것이다. 내가 개입하는 여지를 줄여가는 만큼 아이들의 자치 능력은 커져 가고 있었다.

기분 좋게 축구 시합을 하기 위해 아이들은 시험 공부도 나름대로 열심히 했다. 시험이 끝난다는 안도감과 축구를 한다는 기대감 속에서 아이들은 자습을 하고 있었다. 그런데 돌발 상황이 발생했다. 1교시 시험을 30여 분 앞두고 있었지만 나는 1분 간의 긴급 담임 훈화를 아이들에게 요청했다.

3월과 4월, 지난 두 달 동안 아이들과 함께 학습보다 우선하는 것들이 있음을 깨우쳐 가고 있었다. 그중 하나가 깨끗한 교실을 만들기 위한 인성 교육이었다. 청소를 잘하는 것보다는 버리지 않는 습관이 더 중요했다. 버리지 않는 습관이 공동체의 선이라는 공감대를 만들어 가고 있었다.

아이들은 깨끗한 환경을 좋아한다. 하지만 깨끗한 환경을 가꾸는 습관은 많이 부족하다. 습관은 쉽게 바뀌는 성질의 것이 아니다. 물론 빠른 결실을 원하는 것은 조급함이었다. 그래서 여유를 가지고 두 달 동안 노력해 왔다. 희망과 실망이 수시로 교차되는 시간이었다.

그동안 나는 아이들과 함께 청소를 해 왔다. 누구나 청소를 해야 한다는 인식이 있어야 했다. 그런데 오늘 4월 마지막 날에, 그것도 시험을 앞두고 훈화를 해야 하는 상황이 발생했다. 나는 긴급 상황이라고 여겼다.

마지막 시험을 앞두고 아이들은 삼삼오오 그룹별로 질의응답을 하며 자신이 공부한 내용을 확인하느라 분주했다. 그런데 깨끗한 공간에서 유독 두 아이의 자리 근처에서만 사탕 봉지와 휴지가 서너 개씩이나 발견되었다. 깨끗한 공간이기에 쓰레기는 더욱 선명하게 도드라졌다.

시험 직전이지만 내가 요청한 훈화 시간 1분을 아이들

은 흔쾌히 받아주었다. 아이들은 하던 공부를 멈추고 진지한 모습으로 응시했다. 이럴 땐 아이들이 고맙다는 생각이 먼저 든다.

"여러분, 우리는 두 달 간 깨끗한 환경을 만들어 가려고 노력해 왔습니다. 두 달 간의 노력에 대한 결실을 4월 마지막 날에는 맺고 싶었습니다. 그런데 무심코 휴지를 버리는 습관이 우리들에게 있습니다. 나는 시험 한 문제 더 맞추는 것보다 휴지를 버리지 않는 습관이 더 중요하다고 생각해서 여러분에게 1분을 요청했습니다. 시험 문제 한 문제 더 맞았다고 해서 인생을 살면서 표가 나지는 않습니다. 하지만 함께 사는 공간에서 휴지를 버리는 사람은 금방 알아볼 수 있습니다. 그리고 그것은 인격입니다. 여러분, 잘못된 습관은 5월이 되기 전에 꼭 버립시다. 그리고 더 성숙한 마음으로 5월을 시작합시다. 공감이 됩니까?"

남학생들답게 "예!"라고 크게 합창해주었다. 어떤 학생은 "야! 휴지 버리지 말자."라며 가세를 한다.

"여러분의 긍정적인 태도에 박수를 보냅니다. 자, 그럼 시험 잘 보고 운동장에서 만납시다."

"예!"

시원한 대답으로 금세 활기찬 분위기로 전환되었다.

시험이 끝난 후 우리는 운동장에서 만났다. 축구 시합은 하나가 되는 즐거움이었다. 나는 전반과 후반 백팀과 흑팀을 오가며 열심히 뛰었지만 공은 몇 번 잡아보지 못했다. 그래도 아이들은 박수를 보내주었다.

축구 시합이 끝나자마자 주문했던 자장면이 배달되었다. 운동장에서 먹는 자장면 맛은 일한 후 먹는 새참 같았다. 맛있게 잘만 먹어주면 좋으련만 아이들은 "선생님 고맙습니다."라는 인사를 인원 수만큼이나 하고 있었다.

식사 후 아이들은 자발적으로 주변을 깨끗하게 정리했다. 이러한 학습 효과가 꾸준히 이어지기를 소망했다. 마무리 인사가 끝나자 운동장에서 아이들은 금세 자취를 감추었다.

4월 마지막 날이 알찬 마디를 맺는 느낌이었다. 그리고 5월의 새 마디는 더 알차게 채워지기를 희망했다. 4월은 결코 '잔인한 달'이 아니었고 알맹이로 채워지고, 작은 깨달음도 있었던 달이 되었다.

파도가 바위에 부딪친 후에는 흔적도 없이 사라져 버리듯이 아무리 열정과 혼을 실어서 말을 해도 그것은 잔잔한 파장으로 사라지기 일쑤다. 아이들 가슴속으로 파고들지 못하면 성난 파도인들 소용이 없다. 하지만 수없이 파도를 맞으며 기암절벽이 만들어지듯이 언젠가 아이들도 성숙한 모습을 보여줄 것이라는 믿음도 생겼다. 4월, 아니면 5월이 될 수 있을 것이고, 올해가 아니면 내년이 될지언정 희망을 잃지 않고 소통을 해갈 것이다.

# 행복을 이어주는 사람

보이지 않는 선행의 힘에 대하여

> 행복을 이어주는 사람은
> 먼 곳에 있지 않았다. 가까이 있었다.
> 그분의 마음이 헛되지 않게
> 밝은 세상을 또 이어가는 것은
> 나의 몫이다.

지하철역으로 향했다. 학교가 아니라 놀이공원에서 아이들과 하루를 보내는 날이었다. 체험학습 장소로 최적은 아니었지만 중학교 3년의 모든 시험을 끝낸 아이들이 놀이공원을 스트레스 발산의 장소로 꼽았기 때문이었다.

출근 시간 지하철로 통하는 길은 삶의 현장으로 가는 길이었다. 바쁘게 길을 재촉하는 총총걸음에서 눈코 뜰 새 없는 바쁜 삶이 고스란히 느껴졌다. 필사적으로 뛰는 사람들의 다급함에는 늦으면 안 된다는 절박함도 묻어났다. 이러한 물결은 매일 반복되는 풍경이겠지만 직장이 가까운 나에게는 낯선 풍경이었다.

오늘만큼은 바쁠 것이 없는 날이라 에스컬레이터 속도를 존중하고 있었다. 하지만 많은 사람들은 나를 휙휙 앞질러갔다. 나의 느림 때문에 길을 서두르는 사람들의 움직임이 더 빠르게 느껴졌다.

플랫폼에 도착하여 잠시 기다리는 동안 금세 늘어난 인파에 나는 파묻히고 말았다. 승강장으로 기차가 미끄러지듯 들어왔지만 내 차례는 아니었다. 몇 사람 타지 않았지만 지하철 안은 이미 만원이 되었다. 어떻게든 타려는 사람들로 지하철은 잠시 지연되었다. 다음 지하철이 곧 들어온다는 안내 방송이 반복되고 있었다.

기다림의 여유를 느낄 틈도 없이 다음 지하철이 곧바로 들어왔다. 지하철은 바쁜 사람들의 마음을 헤아려주고 있었다. 앞서 떠난 지하철과 달리 넉넉한 공간이 있었다. 하지만 그것도 잠시였다. 밀물처럼 한꺼번에 많은 사람들이 빨려 들어가자 지하철 안은 다시 콩나물시루가 되었다. 나도 인파에 파묻혀 떠밀려 들어갔다.

옆 사람에게 불편을 주지 않으려고 몸을 잔뜩 웅크렸다. 숨 쉬는 일 외에 아무것도 할 수 없었다. 주변에 여성분이 있으니 더욱 조신한 처신이 요구되었다. 출근 전쟁이란 단어가 과장이 아니었다. 인파에 파묻혀 버티고 서 있을 뿐, 다른 생각을 할 겨를도 없었다.

사람의 숲으로 막혀 버린 지하철 안에서는 삶의 질도 구겨야 했다. 무표정한 모습들로 사람들은 공동체를 이루고 있었다. 덜컹거리는 바퀴 소리만이 기차가 달리고 있음을 알려주고 있을 뿐, 사람들의 행동은 철저하게 제약받고 있었다. 철커덩철커덩, 끊임없이 들려오는 기차 바퀴 소리가 그나마 단조로움을 깨뜨리는 소리였다.

차량이 흔들리는 대로 사람들도 잔잔한 물결을 이루며 움직였다. 그 순간 등 뒤에서 영문을 알 수 없는 인공적인 힘이 밀려왔다. 빡빡하게 밀착된 공간에서 휴대폰과 소통하는 사람이었다. 휴대폰 조작에 필요한 공간을 확보하기 위해 내 쪽으로 공간 확장을 한 것 같은데, 휴대폰에 몰입하여 정작 본인은 상대방의 불편을 인지하지 못한 것 같다. 도미노 현상으로 인한 불편을 앞 사람에게 전달하지 않으려고 다리에 힘을 꽉 주고 버티기에 나섰다. 다행히 얼마 지나지 않아 그 사람은 등을 떠민 인연만 남긴 채 사라졌다. 옷깃만 스쳐도 인연이라는데 그 사람은 버티기에 나섰던 내 다리를 후들거리게 만들고 떠났다.

인간의 환경 적응 능력은 돼지보다 뛰어나다는 기사를

본 적이 있다. 인간은 어떤 열악한 환경에서도 살아남지만 돼지는 더위에도 폐사하고 만다는 것이다. 시간이 지날수록 나도 충분히 적응을 해 나갔다. 여유가 생기니 나만의 생각도 열리기 시작했다. 아이들과 사고 없이 즐거운 하루가 되기를 기원해보았다.

놀이 공원에 가장 먼저 도착한 아이는 누구일까?

성실하고 부지런한 순희일까?

학교 밖 체험학습을 유난히 좋아하는 미연이일까?

항상 에너지가 넘치는 해빈이일까?

놀이공원에서 입을 티셔츠가 필요하다고 말했던 혜선이는 어떤 모습으로 나타날까?

놀이공원에서 짧은 치마는 불편하니 단정한 복장을 주문했는데 결과는 어떨까?

아이들의 모습으로 머릿속이 채워지고 있었다.

동일한 공간에서 같은 공기를 마시며 공동체를 이루며 서 있는 지하철 안의 사람들도 무표정하지만 내가 아이들을 생각하듯이 각기 다른 수많은 생각들로 채워가고 있을 것이다. 그리고 그 생각들은 지하철을 벗어나면서 엮어가는 세상살이 속에서 되살아날 것이다. 그래서인지 지하철 안의 정적은 사람들이 삶의 에너지를 분출하기 위해 잠시

숨을 고르고 있기 때문이라는 느낌이 들었다.

강남역에 이르자 사람들은 썰물처럼 빠져나갔다. 이제야 한 사람 한 사람의 존재감이 확연하게 구분되었다. 그런데 여유 공간이 생기자마자 사람들이 일제히 똑같은 행동을 하고 있었다. 대부분이 휴대폰과 소통하고 있었다. 무엇에 몰입하고 있는지 궁금해지기까지 했다. 이제 지하철에서 책이나 신문을 읽는 모습은 추억 속 풍경으로 남게 될지도 모른다는 생각이 들었다. 스마트폰하고의 소통과 책과의 소통에는 어떤 차이가 있을까?

요즘 지하철 안은 나와 다른 사람, 신기한 뭔가를 관찰하는 공간이 아니라 각자 뭔가에 몰입하고 있는 또 하나의 사적인 공간이었다. 목적지 도착을 앞두고 나도 휴대폰을 열어서 시간을 확인했다. 학생들과 약속한 9시까지는 한참 여유가 있었다. '잠실역'이라는 방송이 달갑게 들렸다. 즐거운 마음으로 아이들과 약속한 장소로 발걸음을 재촉했다.

매표소 앞에서 나를 맞이한 학생은 예상했던 미연이였다. "선생님!" 하면서 반갑게 맞이해주었다. 한참 뒤에야 나를 발견한 혜선이도 여러 친구들과 한달음에 달려와 환하게 웃으며 팔짱을 끼더니 "선생님, 우리 되게 일찍 왔어요."

라고 귀여운 미소를 지었다. 시간이 지날수록 반 아이들의 빈자리가 하나하나 채워졌다. 약속 시간도 모두 지켰다.

놀이공원에서 만난 아이들은 미소를 한 움큼씩 머금은 채 밝게 조잘댔다. 얼굴에 꽃단장을 한 아이들도 눈에 띄었다. 자신에게 잘 어울리는 단장인지는 중요하지 않아 보였다. 화장을 했다는 자체에 만족하는 것 같았다. 경험을 쌓아가는 과정이니 서툰 것이야 당연하다. 화장을 한 명희에게 "화장을 조금 엷게 했으면 더 예뻐 보였을 텐데."라고 말을 건넸다. 학생다운 복장과 용모를 약속하였지만 지키지 못한 것이 조금은 미안한지 명희가 짓는 멋쩍은 미소가 고마웠다.

입장 시간이 되자 아이들은 총총걸음으로 놀이공원 안으로 사라졌다. 놀이기구에 별 매력을 느끼지 못하는 나는 조용한 공간을 찾았다. 3층으로 올라가자 높다란 천장 아래 확 트인, 운동장처럼 넓은 공간이 나타났다. 힘들고 짜증스럽고 부정적인 것들은 이곳에 다 던져버려도 좋을 것 같은 넓은 공간이었다. 부정적인 마음은 다 버리고 싶었다. 또 다시 때가 묻을지언정 긍정적인 생각으로 채워 가고 싶었다.

지하철에서 함께 몸담았던 많은 사람들.

지금은 각자의 공간에서 또 다른 삶의 여정을 이어가고 있을 것이다. 오늘은 나도 아이들과 안전하고 행복한 시간이 되기를 소망했다.

　아이들이 노는 모습을 지켜보기 위해 몇 발짝 떼는 순간, 전화벨이 울렸다. 태민이의 다급한 목소리였다.

　"선생님, 저 지갑 잃어버렸어요."

　가슴을 쓰리고 있을 태민이의 안타까운 마음이 확 느껴지면서 내 가슴도 철렁 내려앉았다. 이어지는 말이,

　"선생님, 그런데 저 돈 빌려줄 수 있으세요?"

　의외의 말이었다. 속상함이야 이루 말할 수 없겠지만 오늘의 즐거움을 포기하고 싶지 않은 태민이의 마음이었다. 태민이는 속상함을 뒤로 한 채 급한 대로 해결책을 생각해 낸 것이다. 그렇게 말하니 차라리 안심이 되었다. 낙담하고 있는 모습보다는 훨씬 좋아 보였다.

　"태민아, 걱정 마. 돈은 선생님이 빌려줄게. 그런데 먼저 근처 직원에게 찾을 수 있는 방법을 문의해보고, 돈은 급한 대로 옆 친구한테 빌려 써라. 만나는 대로 줄게."

　"예."라는 말과 함께 태민이와의 통화는 끝났다. 태민이가 나를 통해 해결책을 찾으려고 했던 마음은 불행 중 다행이라는 생각에 안도감이 들었다.

그런데 얼마 후 다시 전화가 걸려 왔다. 이번에는 활짝 웃는 밝은 목소리였다.

"선생님, 저 지갑 찾았어요."

힘차고, 기쁘기 그지없었고, 근심 걱정 없는 가장 평화로운 목소리였다.

"잘됐다. 좋겠구나."

"예, 엄청 기뻐요."

"선생님도 기쁘다. 태민아, 즐거운 시간 보내라."

"예, 선생님. 그리고 감사해요."

태민이의 밝은 목소리에 모든 시름은 사라지고 기분은 더 상쾌해졌다. 인생의 묘미는 반전에서 오는 것일까? 태민이가 얼마나 기뻐할지 그 모습이 궁금해졌다. 인사성도 밝고 항상 웃는 얼굴로 긍정적으로 생각하는 태민이였다.

내 말대로 분실물센터에 가보니 누군가 지갑을 갖다 놓고 갔다는 것이다. 현금 2만원과 교통카드, 학생증 등 소중한 물건도 고스란히 들어 있었다. 누군가의 아름다운 선행으로 태민이는 잠시 찾아든 우울했던 기분을 가장 즐겁고 행복한 마음으로 보상받을 수 있었다.

태민이에게 반전의 행복을 안겨준 사람은 누구였을까? 아쉬움이 몰려왔다. 누구인지는 알 수 없었지만 남의 것을 탐하지 않는 사람이었다. 남의 아픔을 자기 아픔처럼 생각할 줄 아는 배려와 이해심도 많은 사람임이 틀림없었다. 그런데 그런 분에게 '고맙습니다' 한마디 할 수 없다는 것이 더 큰 아쉬움이었다. 세상을 밝게 만들고 홀연히 사라진 그분은 누구였을까? 오늘 나에게 가장 아름답고 소중한 사람이었다.

산에는 푸른 나무가 있기에 아름답게 보인다. 세상에는 이런 분들이 있기에 소담스러운 행복을 피울 수 있다. 지금이라도 '감사의 마음'을 전할 수 있다면 나의 기쁨이 될 것 같다. 지하철 속에서 같은 공기를 마시며 출근 전쟁을 치른 사람 중에 한 사람일 수도 있을 것 같다.

행복을 이어주는 사람은 먼 곳에 있지 않았다. 가까이 있었다. 그분의 마음이 헛되지 않게 밝은 세상을 또 이어가는 것은 나의 몫이다. 아이들에게도 이런 마음을 전해서 싹을 틔우고 꽃을 피워 다른 사람을 기쁘게 해주는 사람으로 성장하게 하는 것이 나의 역할일 것이다.

II.

# 교실 안 행복 수업 2교시

나와 아이들의 행복한 시간 2

# 모범생만 있다면 교사는 필요 없다

눈높이를 낮춰요

청소년기에 통과하는 어두운 터널을
혼자서 빠져나오기는 아주 힘들다. 신뢰할 수 있는
친구가 있다면 터널 속에서도 한 줄기
빛을 만난 것처럼 빨리, 순조롭게 나올 수 있다.
신뢰할 수 있는 어른이라면
더욱 큰 도움이 된다.

　3월이 되면 새로운 학생들을 만난다. 새롭다는 것은 신선한 백지를 받아드는 느낌이기도 하다. 그래서 시작할 때는 기대와 희망이 부풀어 오르게 된다. 아이들과 1년 동안 탈없이 행복하게 지내는 것이 가장 중요하다.

　첫인상은 오랫동안 기억에 남는 법이다. 그래서 제일 먼저 무슨 말로 아이들 마음에 울림을 줄까 희망어린 고민도 하게 된다. 매년 반복되는 첫 만남이지만 무슨 말을 할지 또 다시 다듬게 된다. 할 말이 많다고 해서 다 해버리면 아이들은 경중을 가리지 못하게 된다. 그래서 선택과 집중을 고민하고, 첫날에는 학급 공동체의 행복을 깨뜨리는 행동이 어떤 것인지만 이야기하게 된다.

폭력 없는 우리들, 왕따 없는 우리 학급을 만드는 일이 가장 중요한 일이다. 시작이 반이라면 폭력 없는 학급 만들기로 반을 쏟아 붓게 된다.

감정 변화가 심한 청소년기이기에 안심은 금물이다. 항상 살펴야 한다. '중2병'이라는 말은 이제 예사로운 말이 되었다. 아이들은 반복되는 잔소리를 싫어한다. 그래서 한꺼번에 욕심을 내지 않는다. 소통할 수 있는 싱싱한 말과 사례들을 그때그때 들려주려고 기초 자료를 수집하게 된다. 호소력이 있어야 설득이 되고 소통이 되기 때문이다.

하지만 기초 자료도 어디까지나 자료에 불과하지, 아이들을 바라보기 위한 잣대는 아니었다. 아이들을 볼 때 자료만으로 아이 전체를 투영해 보려고 하지는 않았다. 부정적인 정보는 더욱 그렇다. 긍정적인 면을 찾는 것이 소통의 시작이라는 생각은 항상 주효했다. 조금이라도 예쁜 점을 칭찬하는 것이 아이들에게 긍정의 힘을 키워준다.

칭찬을 하면 즐거운 일이 되지만 꾸중을 하면 짜증스런 심기를 키우는 꼴이 된다. 좋은 말을 들으면 기분이 좋아지는 것은 인지상정이다. 기분이 좋을 때 고쳐야 할 점을 슬쩍 끼워 넣어서 말하면 충고와 조언으로 듣는다. 하지만 부정적인 말이 오고가면 잔소리가 되고 소통도 멀어졌던 아픈 과거는 되풀이하고 싶지 않다.

낙숫물로 바위에 구멍을 내는 일처럼 아이들과의 생활은 그야말로 엄청난 인내심이 요구될 때가 많았다. 인내하지 못하고 큰소리를 낸 순간, 후회하면서 아이들과도 오히려 멀어졌던 일들도 많았다.

아이들은 긍정보다 부정적인 행동을 더 많이, 더 강하게 표출할 때가 있다. 이웃돕기 모금 저금통을 쓰레기통에 넣어버린 아이, 학교생활에 적응하기가 무척 힘들어보이던 아이, 교복은 물론이고 체육복까지 몸에 착 달라붙도록 개조한 아이, 교칙에 어긋나게 파마를 한 아이, 수학여행에서 흡연한 아이 등이 올해 기억에 남는 아이들이다. 그런데 이런 아이들을 부정적으로만 바라보면 빨리 교정시켜야 한다는 조급함에 평상심까지 잃게 되었다.

하지만 이러한 학생들이 있기에 교육이 필요하고, 내가 존재한다는 생각을 하니 걱정은 반으로 줄고 나머지 반은 희망으로 바뀌는 득이 생겼다. 학교에 모범생만 있다면 교사가 할 일이 별로 없어진다. 지식 교육만 잘하면 되기 때문이다. 하지만 지식 교육보다 인성 교육이 더 필요한 아이들이 많은 것이 현실이다.

모든 아이들 내면에는 변화의 싹을 틔울 수 있는 선함이 어디엔가 반드시 있었다. 그런데 아이들의 선함이 덮이고 부정이 크게 자라난 데에는 또한 그만한 이유가 있었다. 어느 날 갑자기 문제아가 되는 아이는 없었다. 문제의 발단은 아이들 자체보다는 환경에서 비롯되는 경우가 훨씬 많았다. 그것을 이해하려고 파고들었을 때 소통의 기초 자료를 얻을 수 있었다.

부정의 힘은 비판에만 능할 뿐 행동을 유발시키지 못했다. 하지만 긍정의 힘은 잘못된 것을 고쳐보려는 실천으로 나를 이끌었다. 아이들을 억지로 변화시키는 것이 아니라 스스로 깨닫게 해주고 싶었다. 바람보다 햇볕이 더 강하다는 이솝 우화가 나에겐 항상 힘이 되어 주었다.

관심과 이해의 기준을 모범생에게 맞추면 모범생을 제외하고는 만족스럽고, 행복해질 수 있는 일이 없어진다. 하지만 최고의 말썽꾸러기에게 기준을 맞추니 모든 학생에게서 예쁜 모습이 하나 정도는 보였다. 눈높이를 낮추니 즐거움이 생기기 시작했다. 말썽을 가장 많이 부리는 학생보다 조금이라도 나은 학생은 그만큼 칭찬할 일이 생겼다. 칭찬을 받지 못하던 학생이 칭찬을 받으면 그것은 마음을 움직이는 특효약이 되었다.

항상 칭찬만 받고 자라는 학생에게 던지는 칭찬은 울림이 적었다. 희소성의 문제였다. 칭찬은 반드시 진심을 담아야 했다. 그리고 칭찬 내용을 기억하고 있어야 했다. 다음에 똑같은 칭찬을 반복하는 것은 진정성이 떨어지기 때문이다. 눈높이를 낮추니 칭찬을 해야 할 아이들이 그만큼 많아졌다.

세상의 모든 결과는 노력의 산물이었다. 청소년과의 관계는 끈기와 인내를 모체로 소통의 나무를 키워나가는 일이라는 생각이 들었다. 물론 칭찬이 만병통치약은 아니지만 아이들과 가장 쉽게 소통할 수 있는 밑거름이 되는 것은 확실하다.

교사의 열정은 부지깽이와 같았다. 불씨는 쑤셔댈수록 자꾸자꾸 일어난다. 하지만 부지깽이가 역할을 하지 않으면 불은 꺼져 간다. 아이들의 변화는 교사의 열정과 정비례했다.

내가 맡은 학생들은 1년이 지나면 어김없이 아쉬움만 남기고 홀연히 나를 떠나갔다. 아이들은 나에게 '1년 자식'이었다. '1년 자식'이기 때문에 1년이 지나면 더 이상 볼 수 없는 소중한 존재로 남게 되었다. 하지만 달리 생각하면 1

넌만 지나면 걱정거리가 사라지는 자식이라고 생각할 수도 있다. 그래서 마음에 들지 않으면 포기할 수도 있었다. 하지만 포기한다고 해서 마음이 행복해지지는 않았다. 포기한 1년은 온전하지 못한 상태로 무기력한 시간이 되고 말았다.

그래서 먼저 눈높이를 되도록 낮추기 시작했다. 처음부터 잘되는 일이 없다지만 눈높이를 낮추고 아이들을 바라보려니 혼란과 갈등이 교차하였다. 아이들을 바라보는 지혜가 하루아침에 커지는 것은 절대 아니었기 때문이었다.

아이들이 이룬 결과보다는 과정을 눈여겨보았다. 과정에 몰입하게 되었다. 서서히 과정이 크게 보이고 결과는 부산물이 되었다. 그리고 마틴 셀리그만의 긍정적 단어들을 되새겼다.

감사, 기대, 관심, 꿈, 낙관, 만족, 몰입, 배려, 사랑, 양보, 열정, 용서, 인내, 존경, 즐거움, 호기심, 희망, 희생.

부정보다 긍정으로 보는 세상이 더 행복하게 느껴졌다. 긍정으로 채워나가니 눈높이를 낮추어도 힘든 아이들도 감당할 수 있게 되었다.

어느 날, 10시가 넘은 늦은 밤에 휴대폰 벨이 울렸다. 우리 반 동민이였다. 늦은 밤 아이들에게 걸려 오는 전화를 받을 때는 설렘 반 걱정 반이다.

동민이의 첫마디는

"선생님, 저 어머니와 싸우고 가출했어요."

순간 답답해졌다. 설렘이 아니라 걱정이었다. 비까지 내리는 날이라 더욱 심란해졌다.

'어떡하나!'

쉽게 입을 열지 못하다가 말을 막 이어가려고 하는 순간 동민이가 먼저 말을 했다.

"제가 내일 학교는 가려고 하는데요. 사복을 입고 나왔어요. 내일 사복 입고 학교 가도 돼요?"

두 번째 말까지 들어보니 동민이는 가출을 했다는 사실보다는 내일 학교에 가겠다는 메시지가 더 강했다. 답답했던 마음이 순간 뻥, 뚫렸다. 학교는 오겠다니 일단 기특했고, 담임인 나에게 전화를 했다는 사실에 고마움을 넘어 진한 감동까지 밀려왔다.

일단 가출하게 된 자초지종을 파악했다. 홧김에 집을 나오긴 했지만 들어가고 싶은 마음도 있었다. 하지만 아버지가 무서워서 들어갈 엄두를 내지 못하고 있었다. 누군가 수습을 해야 했다.

"동민아, 내가 어머니와 통화해서 네가 들어갈 수 있게 해줄게. 괜찮겠지?"

동민이는 못 이기는 척 동의를 해주었다. 동민이와 대화를 나눈 뒤 부모님에게 연락을 취했다. 결국 아버지께서 나서서 동민이를 데리고 귀가하게 되었다.

다음날 아침 학교에서 동민이를 다시 볼 수 있었다. 새삼 반가운 마음이 왈칵 솟구쳤다. 그런데 모자를 깊이 눌러 쓴 상태였다. 아버지에게 머리를 박박 깎이고 까까머리가 되었다. 아버지는 머리를 깎는 선에서 가출 소동을 마무리지은 것이다.

까까머리 때문에 조금은 쑥스러워했지만 성격이 활달한 동민이는 밝은 표정으로 나를 보고 씩 웃었다. 이틀 뒤 동민이는 모자를 벗었다. 남녀공학이었는데 동민이가 자신감을 회복하는 데에 이틀이 걸렸던 것이다.

세상을 살아가면서 우연이건 필연이건, 또는 내가 원하건 원하지 않건 어두운 터널을 지나야 하는 시기가 반드시 있다. 청소년기에 통과하는 어두운 터널을 혼자서 빠져나오기는 아주 힘들다. 신뢰할 수 있는 친구가 있다면 터널 속에서도 한 줄기 빛을 만난 것처럼 빨리, 순조롭게 나

올 수 있다. 신뢰할 수 있는 어른이라면 더욱 큰 도움이
될 것이다.

하지만 터널 속을 지나면서 외롭고 두렵고 희망도 없
고 짜증과 불만이 가득한데, 그런 자신의 마음을 알아주
는 사람마저 없다면 아이들은 마음의 문을 닫아걸고 세상
을 부정적으로만 바라보게 된다. 부정이 커지면 긍정으로
돌리기도 어려워진다. 그런데 자신을 진정으로 걱정해주는
친구나 어른이 있다면 아이들은 이를 지지대로 삼아 일어
서려고 애를 쓴다.

나는 그런 모습을 종종 지켜봐 왔다. 작년에 경희는 세
상의 불만은 다 끌어안고 있는 아이처럼 보였다. 복도에서
만나면 어두운 표정이 유독 도드라졌다. 보강으로 그 학
급에 들어가 두 번 마주친 아이였다. 내가 섣불리 다가서
기에는 아는 것이 없었고, 래포 형성도 전혀 없었다. 경희
도 나를 알지 못했다. 몇 번 마주쳤기에 내가 교사라는 정
도만 알고 있었다. 경희는 별도로 상담하는 교사가 있었기
에 내가 다가갈 입장도 아니었다. 그저 안타까운 마음만
갖고 있었다.

그런데 올해 4월에 복도에서 우연히 마주친 경희는 얼굴
이 많이 밝아졌고 미소까지 짓고 있었다. 경희에게 어떤 일

이 있었을까? 희망을 전혀 품을 줄 모르는 아이처럼 보였던 경희의 변화는 나에게 큰 사건처럼 다가왔다.

변화의 힘은 해민이라는 친구였다. 해민이는 항상 우울해 있는 경희가 마음에 걸렸다. 해민이는 무남독녀였지만 명랑한 성격에 친구의 아픔을 그냥 넘기지 못하는 따뜻한 아이였다. 해민이는 경희에게 "힘든 일 있니? 우울해 보여." 하고 다가갔다. 경희도 해민이의 평소 모습에 호감을 갖고 있었다. 그런데 해민이가 진정성을 가지고 말을 걸어 온 순간, 경희는 해민이를 붙잡고 싶었다고 하였다.

경희의 우울은 친구관계에서 비롯되었다. 평소 잘 지냈던 친구들이 자신에 대해 험담을 하고 다닌 탓에 깊은 상처를 받고 있었다. 친구가 많지 않았던 경희는 다른 친구들을 사귈 엄두도 내지 못했다. 그래서 혼자서 끙끙 앓고 있었다. 그런데 때마침 해민이가 수호천사처럼 다가와 조언까지 들려주었다.

"그런 아이는 친구가 아니라고 생각해."

"그냥 무시하면 돼. 마음에 담지 마"

"친구를 안 좋게 보면 너만 더 힘들어지고 해결도 안 돼."

또래친구 해민이의 한마디 한마디는 경희에게 천금과도 바꿀 수 없는 구원의 빛이 되어주었다. 해민이는 자신보다 힘들어보이는 친구에게 눈높이를 맞추고 손을 내밀었다. 경희는 해민이의 마음을 한 번에 움직이는 마법 같은 일을 해냈다. 나도 해내지 못했던 일이다.

부모들은 자녀에 대한 기대가 크다. 본인이 이루지 못했던 것을 대신 해주기를 바라는 마음일 수도 있고, 자녀의 미래가 진정으로 걱정되어 그럴 수도 있다. 어떤 부모는 자신이 학창 시절에 공부를 잘했으니 내 아이도 잘하는 것이 당연하다고 생각하기도 한다. 학원이며 과외며, 뒷바라지를 이만큼 해주었는데 자식이 열심히 공부해주는 것은 당연하다고 생각하기도 한다.

하지만 아이와 심한 갈등을 치르고 나면 부모도 생각을 바꾸는 경우가 많았다. 이제는 부모 입장에서 아이를 바라보는 것이 아니라 자신들의 자녀 입장에서 아이를 바라보려고 한다. 막힌 통로가 뚫리는 모습 같았다. 서로가 만족하는 관계의 시작 같았다. 이제는 학교만 잘 나가고 나쁜 짓만 안 해도 만족할 수 있을 것 같다고 말씀하시는 부모님의 다른 모습을 볼 수 있게 되었다.

아이에게 많은 것을 바라는 것은 일반적인 부모의 마음이다. 하지만 내 아이의 마음을 읽고, 능력을 읽어내려는 인고의 노력이 반드시 필요하다. 눈높이를 조금만 낮춰도 편안한 관계가 이루어진다. 그리고 행복해질 수 있다.

아이에게 너무 어려운 요구를 하는 경우가 있었다. 내 아이는 특별하다고 생각하기 때문이었다. 아이들은 소질과 적성이 모두 다르다. 그런데 남과 비교하는 순간부터 욕구불만은 시작된다. 그 순간부터 행복을 내 발로 걷어차는 삶이 되기 쉽다. 외형적인 성공이 행복까지 가져다주는 것은 아니었다. 무슨 일을 하고 있느냐가 아니라 그 일로 행복하느냐를 묻는 교육이 되어야 했다. 정형화된 성공의 틀에 아이들을 가두면서 아이들은 자신을, 그리고 개성을 잃어가고 있었다.

모든 이들이 같은 일을 할 수는 없다. 능력도 성격도 개성도 다르기 때문이다. 내 아이가 다른 아이들과 비교당하며 의기소침하게 살아가는 모습을 보고 싶지는 않다. 부모의 진정한 행복은 내 아이들이 하고 싶은 일을 찾아서 즐거워하는 모습을 보는 것이다.

# 화장실과 원효대사

다르게 생각하기를 배우다

'스트레스(stressed)'는
거꾸로 읽으면
'디저트(desserts)'가 된다.
'죽음(자살)'도
거꾸로 보면
'희망(살자)'으로 살아난다.

매일 우리는 배설을 한다. 인풋에 대한 자연스러운 현상으로 나타나는 아웃풋이지만 똥에 대해서는 일반적으로 상당한 혐오감을 갖고 있다. 배설을 매일 시원하게 한다는 것은 건강하다는 증거다. 신진대사가 활발하다는 가늠자다. 조선 왕실에서도 왕의 대변은 내의원으로 보내져 농도, 색깔, 상태 등을 살피고 경우에 따라 맛까지 보는 등, 왕의 건강을 가늠하는 척도로 작용하기도 했다.

어릴 적에는 지금보다 상대적으로 똥과 친근했다. 농사가 산업의 중요한 비중을 차지했으니 똥은 수확물을 증가

시켜주는 귀한 거름이었다. 화학 비료를 살 형편이 여의치 않던 농가에서 똥은 불을 태우고 남은 재와 함께 땅을 기름지게 하는 자원이었다.

오죽하면 '한 사발의 밥은 남에게 주어도 한 삼태기의 재는 주지 않는다'라는 속담까지 있었겠는가! "똥은 꼭 집에 와서 눠야 한다."는 말은 어릴 때 큰할아버지한테 흔히 듣던 이야기다. 거름이니 모아야 한다는 것이다.

'꿈에 똥을 밟거나 뭉개면 재수가 좋다'는 속담도 있다. 똥이 더러운 존재를 넘어 생산적 요소로 작용했기 때문이었을 것이다. 한 줌의 거름이 절실했던 시절의 추억이다. 모든 것이 부족했던 시대에 가능한 이야기이기도 하다.

요즘 아이들이 싫어하고 멀리하고 싶어 하는 것 중 하나가 똥이다. 그런데 한 해 동안 수업을 하다 보면 똥이 소재로 한두 번은 꼭꼭 등장한다. 매일 인간 생활과 궤를 같이하기 때문인지 똥이 소재로 등장하면 학생들은 의외로 관심이 많다. 똥에 대한 호기심도 크고 무언가 듣고 싶은 표정들이다.

"'똥'이 강하게 느껴져 '덩'이라고 표현할게."

라는 사소한 말에도 크게 웃어주는 아이들이다. 멀리하고 싶지만 한편으로는 거부할 수 없는 물질이다. 이러한 사실에 아이들도 조금은 똥을 긍정으로 생각하게 된다.

'똥 밟았다'

'똥 묻은 개가 겨 묻은 개 나무란다'

'처가와 뒷간은 멀수록 좋다'

등등의 말을 참 많이 듣고 살아왔다. 공통적으로는 부정의 의미가 더 많이 함축되어 있다.

하지만 사실 사람이나 가축의 똥은 우리나라뿐만 아니라 다른 나라에서도 생산적 요소로 쓰이는 경우가 많았다. 초원이나 안데스 산맥 등 고산지에서 동물의 배설물은 훌륭한 땔감으로 쓰인다. 요즘은 친환경이 키워드가 되면서 코끼리 배설물로 만든 종이가 인기리에 판매되고 있기도 하다.

똥 이야기를 할 때는 학생들의 표정을 읽으면서 이야기의 수위를 조절하게 된다. 받아들이는 한도를 파악해야 교감이 커지기 때문이다. 점심시간 직전인 4교시에 똥 이야기가 나오면 일부 학생들은

"선생님! 다음에 점심 먹어요!"

라고 질색을 한다.

"그런가요? 그럼 다음 시간에 해줄까요?"

라고 방향을 틀어보지만 말이 끝나기 무섭게

"아니요!"

"그래도 해주세요~!!"

아이들이 합창을 한다. 딴짓 하던 아이들까지 집중을 한다. 어떤 아이는 몸서리까지 치면서도 들으려고 하는 것을 보면 뭔가 심리적 요인이 있는 건 아닌지 궁금해진다.

똥에 대해 잊을 수 없는 일이 추억으로 남아 있는 것일까? 과거의 이야기이면서 진행형이고 미래의 이야기가 되기 때문일까? 똥은 아이들에게 가깝고도 먼 당신처럼, 피할 수 없는 강한 인상으로 존재하는 것만은 분명하다.

'처가와 뒷간은 멀수록 좋다'는 말은 이제는 옛말이 된 듯하다. '멀수록 좋다'던 뒷간은 더 가까워져 안방까지 들어왔다. 오히려 가까울수록 편리한 시설이 되었다. 과학 기술과 접목된 탓에 깔끔해졌기 때문이다.

내가 어릴 적만 해도 뒷간은 집과 꽤 떨어져 있었다. 그리고 가장 무서운 장소였다. 밤에 뒷간 갈 일이 생기면 큰 걱정이 아닐 수 없었다. 나를 호위해줄 어머니를 조르거나 누나에게 애교를 부려서라도 누군가 동행을 해야 했다. 밖에서 나를 지켜주는 임무를 충실히 하고 있는지 "누나~!" 하고 불러 응답까지 확인해야 안심이 되었다.

지금은 학교 화장실 청소는 고맙게도 청소 아주머니께

서 대신해주신다. 하지만 얼마 전까지도 학교 모든 공간의 청소는 학생들 몫이었다.

화장실 청소의 산교육을 실천하기로는 도산 안창호 선생만한 분도 없다. 미국에서 민족의식을 변화시키고자 한국인 가정을 찾아다니며 화장실 청소를 하였다. 추운 겨울날 골목 화장실 바닥에 얼어붙은 대변을 깨는 것을 목격하고 감격한 사람도 생겼다. 한인 사회의 의식을 변화시켜 한인의 이미지를 제고시키려 노력하신 분이다.

나는 아이들에게 '청소하는 모습이 아름답다'고 칭찬해준다. 누가 보든 안 보든 열심히 청소하는 수진이에게 "수진아, 오늘도 아름다운 모습에는 변함이 없구나."라고 한마디 건넨다. 홍조를 띠며 웃어주는 수진이가 더 가깝게 느껴진다. 하지만 빗자루 잡는 자세부터 엉성한 학생들도 적지 않다.

오래전 남학생 반 담임을 맡을 때였다. 교실에서 아이들과 청소를 하고 있는데 화장실 청소를 하러 갔던 주번 아이가 헐레벌떡 뛰어왔다.

"선생님!"

"왜 그러니?"

"큰일났어요!"

청소하다 말고 밑도 끝도 없이 큰일났다니, 놀란 가슴으로 아이들 표정을 읽었다. 두 아이 중 민규의 눈가에는 눈물까지 고인 흔적이 있었다.

"무슨 일인데?"

"선생님이 직접 가보셔야 해요."

"그래 가보자."

설명을 제대로 못할 정도니 심각한 상황임을 알아차렸다. 무슨 일인가 싶어 한달음에 달려갔다. 우리 반 화장실 부스 안은 수습 불능 상태였다. 똥의 양이 너무 많아 물을 내리는 순간 막혀 버려 넘친 것 같았다. 휴지를 넣어서 그런 것도 아니었다. 지금 생각해도 이해가 되지 않는 상황이었다. 아이의 눈가에 맺힌 눈물이 이해되는 순간이었다. 그러니 망설일 틈도 없이 나에게 도움을 청하러 달려온 것이다.

나도 막막했지만 어�째든 수습책을 내놓아야 했다. 화장실 구석에 놓인 검은색의 압축기, 일명 '뚫어뻥'이 눈에 들어왔다. 넘쳐 있는 상태라 정확한 조준은 어려웠다. 압축기를 사용하다 잘못하면 낭패를 봐야 할 상황이었다. 비위가 강한 나도 힘들었다. 하지만 학생들이 지켜보고 있으니 의연하게 해결하는 모습을 보여주는 것도 교육의 한 부분이라는 생각이 들었다.

이때 불현듯 생각난 분이 원효대사였다. 현상은 변하지 않는다. 똑같은 물이었다. 어젯밤 갈증 끝에 마신 물은 꿀 같은 맛이었지만 아침에 보니 해골바가지에 담긴 물이었다. 꿀물이 해골물이 된 것이다. 그래서 어젯밤에 꿀맛이었던 물을 토해냈다. 그때 문득 깨달은 것은 똑같은 물이라는 사실이었다. 생각의 차이였다. 오늘도 꿀맛인 물이라고 생각하면 꿀맛인 물이 되는 것이었다. 원효대사를 생각하니 해결책은 간단했다. 원효대사라면 지금 이 상황을 어떻게 바라보았을까? 바로 그거였다.

'그래 내 탓으로 돌리자.'

'내 똥이다, 내 똥이다.'

'그런데 내가 너무 많이 쏟아냈구나.'

마음이 훨씬 가벼워졌다. 압축기를 자연스럽게 밀어 넣고 침착하게 압력을 가할 수 있게 되었다. 몇 번 반복하자 '꼬르르~' 시원하게 내려가는 소리가 들렸다. 어떤 소리보다도 경쾌하게 들렸다. 아이들에게도 기분 좋게 들렸나 보다. 빙그레 웃고 있다.

"민규야, 양동이에다 물 좀 가져올래?"

깨끗하게 마무리를 하기 위해 부탁했다. 그런데 나의 모

습을 숨죽이고 지켜보고 있던 민규가

"선생님, 이제 제가 할게요."

참으로 듬직한 한마디였다.

"그래, 이제 할 수 있겠지?"

일부러 자리를 떠나 교실로 왔다. 뒷마무리지만 스스로 처리할 기회를 주기 위해서였다. 화장실은 말끔해져 있었다. 민규의 태도와 마음씨를 칭찬하지 않을 수 없었다.

이렇게 화장실에서 원효대사와 인연을 맺었다. 그리고 수업 시간에 통일신라 시대 원효대사를 가르칠 때면 아이들에게 똥 이야기를 추가하게 되었다. 원효대사와 함께 똥 이야기를 꺼내면 아이들은 오감이 교차하는지 비명을 지르고 온갖 미묘한 표정을 지으면서 이야기에 빠져든다.

생각을 바꾸고, 생각을 달리하면 쉽게 문제를 풀 수도 있다는 생각이 미쳤다. 긍정적 사고가 생기면 즐거운 마음도 따라왔다. 불행과 행복의 근원도 크게 다르지 않다. 불행도 행복도, 사랑스럽게 보는 것도 미워하는 마음으로 보는 것도 결국 마음에서 비롯되는 현상이다. 마음을 다스리는 일은 만병의 원인이라는 스트레스를 줄이는 일이었다. '스트레스(stressed)'는 거꾸로 읽으면 '디저트(desserts)'가 된다.

'죽음(자살)'도 거꾸로 보면 '희망(실재)'으로 살아난다.

'생각을 달리하라(Think it different)'는 스티브 잡스의 말이 큰 생각으로 다가왔다. 달리 생각하는 습관이 오늘날 애플의 신화를 일군 힘이었다. 다르게 생각했으니 다른 것을 얻는 것은 당연한 이치 아닌가.

불행을 다르게 생각하니 행복을 얻을 수 있는 가능성이 생긴다는 사실이 역설적으로 다가왔다. 부정에서는 피어날 수 없었던 생각이었지만 긍정에서는 피어날 수 있었다. 화장실에서 원효대사를 생각하면서 난감한 일을 즐거운 마음으로 처리할 수 있었다.

너무나 당황하고 민망하여 눈물까지 보였던 민규는 오늘 일을 잊지 못할 것 같다고 했다. 앞으로 어려운 일이 생기더라도 긍정적으로 생각하겠다고 말한 것이 오늘 가장 귀하게 다가오는 말이었다.

# 호빵맨 나가신다!

행복 교육은 나의 영원한 과제다

> 호빵맨은 아이들이 나에게 부여한
> 과제처럼 느껴졌다.
> 아이들을 힘들게 하는 것은
> 호빵맨이 아니었다.
> 아이들에게 상처를 주는 것도
> 호빵맨의 태도가 아니었다.

어젯밤부터 내리기 시작한 비가 아침까지 이어졌다. 한
꺼번에 몰려드는 아이들 등굣길은 알록달록한 우산 무
늬 지붕을 이루고 있다. '빨간 우산, 파란 우산, 찢어진 우
산……' 동요가 생각나는 풍경이다.

오전 내내 교실 창밖으로 가랑비가 쉼 없이 내리고 있
다. 비가 오는 날이면 학생들의 활동 무대는 교실로 모두
이동하게 된다. 활기 넘치던 운동장은 놀아주는 아이들이
없으니 적막해졌다.

교실에는 삼삼오오 떠들며 웃는 아이들, 몸으로 부딪치

며 장난에 빠져 있는 아이들, 숙제에 정신이 팔려 있는 아이들……. 다소 어수선한 풍경이지만 일정한 질서는 유지되고 있다. 에너지 넘치는 남학생들은 가랑비가 조금이라도 잦아들면 당장 운동장으로 내달릴 태세다.

어젯밤 늦게 문상을 다녀오느라 잠이 부족한 상태였다. 나는 피곤하면 얼굴에 바로 나타나는 체질이라 어젯밤에 무슨 일이 있었는지 감출 수가 없다. 피곤한 모습은 아이들이 가장 먼저 알아본다. 그래서 주중에는 부득이한 일이 아니면 모임도 잘 갖지 않게 된다. 학교는 아이들이 발산하는 생기로 가득 찬 공간이라 아이들의 눈망울을 보면 피곤함도 잊게 되지만 아이들이 피곤한 나를 보면 어떨까, 하는 은근한 걱정 때문이다. 부모님의 행복한 모습을 보면서 자라는 아이가 정서적으로 안정되듯이 학교에서도 교사의 밝은 모습을 통해 아이들 마음속에서 맑은 마음이 피어나리라 나는 믿고 있다.

2교시 수업을 위해 3학년 여학생 교실로 들어섰는데 확인이 필요한 냄새가 확 풍겨왔다. 문을 살며시 닫고 문가에서 더 이상 발걸음을 옮기지 못하고 멈췄다. 무슨 냄새일까? 빨리 알아차려서 아이들과 소통을 하고 싶은데 냄새의 정체를 파악할 수 없었다.

문 앞에 멈춰선 나를 보며 아이들은

"선생님, 안녕하세요?"

인사를 건네며 반겨주었다. 나는 정체 파악이 끝나지 않은 탓에 어정쩡하게 "안녕."이라고 응대했다.

'그런데 얘들아, 이게 무슨 냄새지?'라고 말하려는 순간 아이들이 말을 먼저 꺼냈다.

"선생님! 하루 만에 늙어 보여요."

'잉! 이게 무슨 소리야!'

순간 당황스러웠다. 그런데 몇몇 아이들이 "맞아요."라고 맞장구까지 친다. 무슨 냄새인지 파악하려고 했던 나의 의도는 갑자기 '늙어 보인다'에 선수를 빼앗기고 말았다. 나와 아이들 사이에는 동상이몽의 상황이 펼쳐졌다.

순식간에 '냄새'와 '늙어 보인다'라는 두 가지 과제를 함께 해결해야 하는 짐이 지워졌다. 일단 발생한 순서대로 해결하고자 했다.

"애들아, 비가 와서 그런지 무슨 냄새가 나는 것 같은데……."

"아, 윤주가요, 냄새 없앤다고 방향제를 뿌려서 그래요."

"그런데 상쾌한 방향제가 아닌데?"

"뿌리고 났더니 더 이상해졌어요."

냄새에 대한 이야기는 이쯤에서 마무리하게 되었다. 나로서는 두 번째 숙제에 무게 중심이 더 쏠려 있었기 때문이었다. 그제야 냄새에 신경이 쓰이는지 몇몇 아이들이 자발적으로 일어나서 창문을 활짝 열어젖혔다.

똑같은 아이들 같지만 반별로 분위기는 확연히 다르다. 어떤 반은 나의 행동 하나하나에도 반응을 보여준다. 이런 반은 수업 시간에 집중도 더 잘해주어 고마움이 더해진다. 반면에 내가 교실에 들어가도 별다른 반응 없이 하던 일을 계속하며 떠들다가 내가 교탁 앞에 서서 "수업 시간이 되었습니다."라고 말을 해야만 수업 모드로 전환하는 반도 있다.

그런데 오늘 4반은 내가 교실 문을 열고 들어서자마자 기다렸다는 듯이 반갑게 인사를 하였다. 그리고 '하루 만에 늙어 보여요'라는 말까지 보탰다. 출입문에서 아이들이 앉아 있는 곳은 그다지 가까운 곳이 아니다. 그런데 나의 상태를 한눈에 알아봐주었단 말인가! 사실 이처럼 교사에게 큰 관심을 보여주는 반은 수업에 들어갈 때 행복한 느낌이 든다. 그런데 오늘은 아이들이 나를 반겨주는 기쁨을 다 누리기도 전에 '늙어 보인다'라는 말에 상이한 기분이 교차하였다.

내 나이를 생각하면 이제 피곤해 보이는 것보다 늙어 보인다는 것이 더 맞는 말인가? 순간 인정하는 마음과 부정하는 마음이 뒤섞였다. '아직은 아닌데'라는 부정의 마음이 더 강했다.

"애들아, 선생님이 늙어 보이는 것이 아니라 피곤해 보이는 것 아니니?"

"아니요! 늙어 보여요!"

애들이 '피곤함'과 '늙어 보이는 것'을 구분하지 못하는 것이겠지, 생각하면서 반전을 시도했다.

"애들아, 어떻게 하루 만에 늙어 보일 수가 있지? 선생님은 지금 피곤하단다."

다시 한 번 말하자 일부 학생들이 나의 마음을 헤아리기 시작했다.

"선생님, 맞아요. 오늘 많이 피곤해 보이세요."

라고 거드는 학생들이 나왔다. 그러면서

"선생님한테 어떻게 늙어 보인다고 말할 수 있니?"

라고 미정이가 늙어 보인다고 말했던 아이들을 애교 있게 나무라면서 자기들끼리 웃고 떠들며 재미있어 했다. 그런데 이번에는 해순이가

"선생님, 꽤 피곤해 보여요. 눈 아래 살도 조금 처진 것

같아요."

구체적으로 내 얼굴을 뜯어보면서 지적하기 시작했다. 그런데 이때 중간에 앉아 있던 순미의 발언은 아이들을 뒤집어지게 만들었다.

"선생님 어제는 이마, 볼, 코에서 광이 났는데 오늘은 코에서만 광이 나요."

"맞아요. 이마와 볼은 광이 죽었어요."

이 말이 끝나자마자 아이들은 일시에 책상을 두드리며 박장대소를 해댔다. 그동안 아이들은 나의 외모에 대해서 공감대를 형성해왔던 것이다. 사실 얼굴에서 광이 난다는 말은 오래전부터 들었다. 그래서 얻은 별명 중 하나가 '목욕탕집 주인'이었다.

"얘들아 그동안 내 얼굴에서 그렇게 광이 났었니?"

라고 말하자 또 광희가

"선생님 후광이 대단했어요."

라고 대꾸하여 다시 한 번 웃음바다가 되었다.

평소에 공감대가 형성되어 있으면 작은 표현에도 그만큼 위력적인 폭발력을 갖게 된다. 학생들이 교사의 말에 영향을 크게 받게 되는 것은 가르침을 주는 선생님이라는 특수성에다가 친밀감과 공감대가 형성되어 있기 때문이다.

아이들이 지어준 나의 별명은 꽤 많다. 대표적인 별명이 '호빵맨'이다. 나도 은근히 즐기는 별명이다. 호빵맨에 양복도 입혀보고, 한복도 입혀보고, 귀여운 옷도 입혀서 그림을 그려서 준 학생이 있었다. 그림 옆에 글까지 넣어서 호빵맨 그림을 매주 한 장씩 갖다 주었다. 그래서 '호빵맨' 하면 가장 생각나는 아이는 부연이라는 아이다. 호빵맨을 위해서 세균맨 선생님을 만들어 나와 비교하다가 세균맨 선생님에게 눈총까지 맞은 정은이는 호빵맨을 사랑해준 대표적인 학생으로 기억된다. 그리고 인사동을 걷다가 내가 생각나서 호빵맨 마스코트를 사왔다는 연재에게도 고마움이 앞선다.

별명으로 벌어진 사연들도 참 많다. 별명을 지을 때 아이들은 흔히 상대방 이름의 특성에서 놀림 형식으로 별명을 짓거나 이름에서 애칭을 만들어내기도 한다. 그리고 생김새와 행동 특성에서 별명을 붙여주기도 한다.

학생들이 지어준 또 하나의 별명인 '목욕탕집 주인'은 제법 논리성을 갖추고 있다. 아이들은 별명을 짓기 위해 의논을 했다고 한다. 재희가

"선생님 얼굴에서 매일 광이 나는 이유는 무엇일까?"

라고 말하자 명희가 '우리 아빠는 목욕탕에 다녀오시면

광이 난다'는 단서를 제공하였다. 그러자 옆에 있던 윤희가 "그럼 선생님은 목욕탕에 매일 가시는 것일까?"라고 하자 명희가 "어떻게 매일 갈 수 있냐."고 반문하였다. 그러면 매일 목욕탕을 이용할 수 있는 사람은 목욕탕 주인밖에 없다는 결론을 내리고 나의 별명을 '목욕탕집 주인'으로 정한 것이다.

'호빵맨'과 '목욕탕집 주인'은 짓궂음이 아니라 나를 친근하게 맞이해준 별명이었다. 그리고 별명에 걸맞게 행동하는 것은 나의 몫이 되었다.

호빵맨은 아이들이 나에게 부여한 과제처럼 느껴졌다. 아이들을 힘들게 하는 것은 호빵맨이 아니었다. 아이들에게 상처를 주는 것도 호빵맨의 태도가 아니었다. 이것은 아이들 말대로 세균맨이었다. 비교하는 교육이 아닌, 욕심을 채워나가는 교육도 아닌, 아이들 눈높이에 맞춰 즐거움과 희망을 안겨주는 것이 호빵맨의 역할이었다. 그리고 아이들이 느껴야 하는 행복 교육은 끊임없는 나의 과제가 되고 있다.

# 초코파이 탑을 먹어치우며

교육은 공감이다

> 아이들의 본성을
> 아름답게 피워내는 것이
> 교육의 첫 번째
> 목표여야 한다.

스승의 날이 제정된 지 50년여 년이 지났다. 하지만 스승의 날은 어설픈 하루가 된다. 어떤 날이어야 할지 시류에 따라 들쭉날쭉하기 때문이다. 휴업일이 되었다가 행사만 치르고 하루 일과를 마무리하기도 하고, 행사 없이 단축 수업으로 평일과 다름없는 하루를 보내기도 한다.

교실에서는 아이들이 교사들을 위한 요란한 이벤트를 준비하고 기다리지만 실상 교실에 입장하기 불편해지는 날이다. 하루아침에 달라진 환대가 낯설기 때문이다.

그래도 아이들 마음은 순수하다. 하루 동안 활짝 피어

나는 꽃이지만 아이들이 전달하는 축하 인사말은 고마움이 담겨 있다.

스승의 날이 되면 교권을 화두로 말들이 오간다. 목청 높여 주장한다고 교권이 회복되지는 않는다. 법적, 제도적 장치를 마련한다고 해서 해결될 일은 더욱 아니다.

손바닥을 마주쳐야 소리가 난다. 아이들과 나 사이에 있어야 할 존중과 신뢰감도 제도로 해결될 일이 아니다. 함께 노력해야 가능한 일이고, 교사의 노력이 더 필요한 일이기도 하다.

어느 날 옆자리에서 선생님들끼리의 좌담 내용이 들려왔다. 3학년 학생들과 김 선생님 사이에 나눈 대화 내용이 내 귀를 사로잡았다. 학생들이 김 선생님한테 이런 말을 했다는 것이다.

"우리 담임 선생님 수업 시간에는 졸 수가 없어요."

"왜? 그렇게 수업이 재미있니?"

"꼭 그런 것은 아니고요……."

"그럼 무엇 때문인데?"

"담임 선생님이 우리에게 베풀어주신 정성을 생각하면 조는 것은 담임 선생님을 배신하는 것이 돼요."

철이 든 학생들 같았다. 담임으로서 학생들에게 받을 수

있는 최고의 선물이었다. 그리고 이어지는 말은 점입가경이었다. '우리 담임 선생님 시간에 조는 것은 죄악'이라고 말했다는 것이다.

담임과 학생들 사이에 어떤 일이 있었던 것일까? 오늘이 있기까지 그 반 학생들과 담임 사이에는 숱한 우여곡절이 있었을 것이다. 풍랑과 같은 과정들이 눈에 선했다. 담임과 아이들 사이에 정(情)이 탐스러운 사과처럼 주렁주렁 열린 것이다. 그 말은 순간 나를 자극시키고 남았다. 그래서 올해 스승의 날 수업 시간에 나는 나름 새로운 수업을 시도했다. 지식 수업 대신 아이들의 감추어진 생각을 깨우고 싶었다.

스승의 날 교실로 들어갈 때는 약간 긴장감도 생긴다. 아이들의 행동이 평소와는 다르기 때문이다. 우리 반 교실에 들어서니 남학생들이 축하 이벤트를 마련해 놓았다. 노란색 포스트잇을 이용하여 칠판에 큰 하트를 만들어냈다. 종이마다 축하 사연이 가득 실려 있었다. 남학생들에게 받아보기 드문 섬세한 환대였다.

교탁에는 학급 전원의 정성이 느껴지는 초코파이 30개가 쌓여 있었다. 초코파이 한가운데 굵고 커다란 양초 하나가 불을 밝히고 있었다. 내가 교실로 들어서자마자 학생들은 일제히 스승의 날 노래를 합창하기 시작했다. 그런데 두 음절이 지나면서부터 갑자기 가사는 들리지 않았다. 대신 음을 더듬으며 흥얼거리기 시작하더니 급기야는 모두가 흥얼거렸다. 그러면서도 포기하지 않고, 흐트러짐도 없이 스승의 날 노래는 흥얼거리며 끝까지 이어졌다. 나도 웃음이 나왔지만 꾹 참았다. 나를 실망시키지 않으려고 가사도 모른 채 끝까지 흥얼거려준 아이들의 모습이 더없이 사랑스러웠다.

아직 5월 중순인데도 때이른 더위가 위세를 떨치고 있었다. 나는 아이들에게 아이스크림을 한 개씩 전해주었다. 그리고 아이들이 정성스럽게 쌓아 올렸던 초코파이까지 한 개씩 나누어 주었다. 초코파이와 아이스크림을 먹으면서 웃어대던 한 아이가,

"선생님, 그런데 죄송해요."

뜬금없이 죄송하다는 것이다.

그러더니 이어지는 말에 모두들 책상을 두드리며 웃음을 참지 못했다.

"제가 모르고 제사상에 올라가는 양초를 가져왔어요."

농담이었는지 진심이었는지는 중요하지 않았다. 이 말에 모두가 웃을 수 있었다. 제사용 양초면 어떻고 축하용 양

초면 어떠리. 아이들의 마음과 정성이 100개의 촛불보다 밝았다.

나는 며칠 전부터 스승의 날 전후로 생일을 맞이하는 아이들을 찾았다. 그리고 그 생일을 축하해줄 친구까지 찾았다. 준비는 내가 했지만 축하 내용은 친구들이 담았다. 친구의 우정을 확인하고 공감대를 느끼는 시간을 갖고자 했기 때문이다. 생일을 맞이하는 아이들을 위한 축하 동영상을 만들었다. 친구의 축하 글을 담고 반짝이는 영상도 꾸몄다. 영상이 음향과 함께 울려 퍼지자 아이들은 환호성을 지르고 박수를 치며 율동을 하기 시작했다.

요즘 아이들의 특징은 있는 그대로를 쉽게 받아들이고 상황에 맞게 잘 적응하는 점이다. 과거의 아이들과 또 달라진 자연스러움이다.

축하 글과 자신의 이름이 화면에 크게 떠오르자 눈물을 글썽이는 주인공도 있었다. 주위의 친구들은 "울지 마." "울지 마."로 축하를 해주었다. 친구들의 격려에 주인공도 금세 환한 미소로 화답했다. 친구들의 우정이 살아 꿈틀거리는 순간이고, 친구의 소중함이 어떠한지 느껴보는 시간이었다.

축하 이벤트를 마무리한 후 조별 사행시 짓기 대회를 열었다. 시제는 5월에 해당하는 소재였다.

감사의 달(날)
가정의 달(날)
어버이날
스승의 날

이렇게 4개를 아이들에게 제시하였다. 아이들 가슴 속에 잠재되어 있는 감수성이 무엇인지 깨워서 글로써 표현시켜보고자 했다. 조별로 대화를 하면서 생각을 공유하고, 공감하면서 감성이 더 커지기를 소망했기 때문이다.

결과는 예상 밖이었다. 15분 정도의 시간만 주어졌는데 4개의 시제를 다 채운 조도 있었다. 조 대표가 나와서 낭독을 하는 순간부터 웃음꽃이 피어났다.

아이들은 자신들의 문화와 눈높이에 맞는 표현에는 박장대소해주었다. 끼 많은 아이의 감미로운 목소리 흉내에는 배꼽이 빠지도록 웃어댔다. 같이 생활했던 친구들이 쓴 글이기에 공감이 더 컸으며 친구의 장난기 어린 목소리에 친근감이 보태지면서 환호성으로 이어졌다. 마음으로 느껴지고, 뭉클한 내용에서는 "와아~!" 하는 감탄도 이어졌다.

아이들이 낭독하는 내내 나도 감탄했다. 이런 마음과 생각들을 언제 다듬어왔단 말인가! 수업 중에는 느끼지 못했던 발견이었다. 대견하고 갑자기 철든 아이들로 내게 다가왔다.

아이들은 그동안 겉으로 보이는 행동 이상의 사고를 하고 있었던 것이다. 다만 발휘할 기회가 없었다. 나는 중학교 3학년 학생들의 생각을 세상에 알려야겠다는 생각이 들었다. 나만 알고 있기에는 아쉬운 내용들이었다. 아이들은 어른들이 생각하는 만큼 어리지 않았다. 지식 교육에 함몰되어 정서를 함양할 기회를 주지 못했다는 생각에 미안한 마음이 출렁거렸다.

사행시에는 즐거움이 넘쳐났고, 부모님에 대한 아이들의 애틋한 마음 앞에서는 뭉클한 감동을 진정시켜야 했다. 감사할 줄 아는 마음에서는 따뜻한 감성이 있음을 느꼈다. 아이들의 감동이 나만의 느낌인지 묻고 싶어졌다.


에세이 날


어른이 되어도
버리는 추억 없이

이날을 잊지 않고
날아오겠습니다.

어머니 날 낳으시고
버들치 잡아다 매운탕 끓이며 아버지 날 기르셨네
이렇게 고생하신 우리 어머니, 아버지
날마다 고생이 많으시네요. 사랑합니다. 부모님


## 스승의 날

스승님 언제나
승승장구하세요
의리의 김보성보다 유재석보다
날마다 재밌는 수업 감사합니다.

스승에게 배운 따뜻한 마음씨가 날
승리하게 만들어주었다.
의지와 끈기로
날 포기하지 않으신 고마운 선생님

스을쩍 고개 내미는 따뜻한 햇살과 함께 5월이 왔다
승승장구도 좋지만 성질도 죽이고 함께 밝게 지내야지
의로운 사람이 되어 욕심을 버리고
날아가 버릴 것 같은 기분을 느껴보아야지


## 감사의 달(날)

감히 헤아릴 수 없는
사람다운 향기를 느끼게 해준 우정은
의리를 지켜가며 더 쌓았네
날 사랑해준 친구여, 고맙다.

가족이라는 건
정말로 사랑하지 않고
의롭게 보듬어주지 않으면
달달하게 살 수 없는 소중한 또 하나의 나이다.

감이 먹고 싶다.
사과도 먹고 싶다.

의리 있는 사람들과 함께
달달하게 먹으면서 감사하는 마음을 전하고 싶다.

감사합니다.
사랑합니다. 선생님 더 이상
의존하지 않고 가르침대로 힘차게
달려가겠습니다.

## 가정의 달(날)

가장 행복한 가정은
정이 듬뿍 느껴지고
의자처럼 편안한 느낌 속에서
날마다 걱정 없이 쉬는 안식처다.

가상 아낄 줄 아는
정말 사랑할 줄 아는
의리 있고 따뜻한 사람으로
달라지겠습니다.

나도 한번쯤 들어봤나 싶은 단어로 기억이 흐릿한데 아이들이 버들치를 생각해냈다. 아버지의 매운탕은 진한 감동이었다. 부모님의 고생을 헤아리며 '사랑합니다. 부모님'에서는 즐거워하던 아이들도 공감하며 숙연해졌다. 교육은 공감이라는 말이 실감났다.

'의로운 사람이 되어 욕심을 버리고, 날아가 버릴 것 같은 기분을 느껴보아지'라고 읊은 사행시는 법정 스님의 경지를 깨달은 아이 같았다. 욕심을 버리니 날아갈 것 같은 기분을 느낀 아이의 주변은 다툼도 적을 것 같았고, 긍정의 세상을 맴돌고 있을 것이라는 생각이 들었다.

올해 스승의 날은 참 행복한 날이었다. 이날은 아이들로부터 감사를 받는 날이 아니라는 것을 깨달았다. 이날은 내가 무언가를 새롭게 해줄 수 있는 날이었다. 받는 것으로는 만족할 수 없었다. 받는 것은 내가 할 수 있는 일이 아니기 때문이었다. 하지만 주는 것은 내가 할 수 있는 일이었다.

내가 줄 수 있는 것이 많을수록 아이들과 소통은 자연스러워졌다. 받은 만큼 아이들의 시선은 정다워졌다. 마음으로 느끼는 감동이 가장 큰 선물이었다. 사행시를 짓는 가운데 나누어준 작은 사탕 하나에도 즐거워하고 지극하게 고마움을 표현하는 아이들이었다.

아이들에게 감추어져 있는 본성은 언제나 성장할 준비가 되어 있었다. 본성을 깨울 여건이 주어지지 않고 있었다. 아이들과 함께 즐거워하는 날이 오늘 하루만이 아니었으면 했다.

주요 과목이 학습의 목표이고, 대학으로 들어가는 문을 열어주는 아이콘으로 생각하는 것이 현실이다. 대학 가는 데 영향이 없는 교육은 아이들 눈에서 멀어진다.

인성 교육을 하겠다고 아등바등해도 아이들의 마음은 입시와 관련 없는 시선으로 바라보기 십상이다. 하지만 오늘은 새로운 가능성을 보았다. 물론 인성 교육은 교사들의 힘만으로는 역부족이다. 대학 입시는 블랙홀과 같다. 그러니 인성 교육이 설 자리도 잠식하고 있다. 입시 제도의 수술도 필요하고 인식 전환도 필요하다. 늦으면 늦을수록 사회의 병은 깊어지게 되어 있다.

교육이 중요하다고 부르짖으면서도 근본적인 해법은 제시하지 못한다. 뿌리부터 바꿔야 변화를 가져올 수 있는 일도 있다. 수능 만점이 많아지면 변별력이 없다고 난리고, 대한민국이 경쟁력을 잃고 당장이라도 망할 것처럼 말한다. 입시 지옥에서 병들고 망가지는 아이들은 관심 밖이다. 이러한 풍토에서 사회 병리 현상이 나타나지 않기를 바라는 것은 모순이고 욕심이다.

예를 들어 문과, 이과를 막론하고 모든 아이를 수학 영재로 만들려는 교육은 지양되어야 한다. 부모님은 부모님대로, 수험생은 수험생대로 쏟아 붓는 에너지는 실로 가공할 만하다. 서로가 받는 스트레스는 그 이상이다. 얻는 것보다 기회비용이 너무 크다. 미국 학생들이 우리보다 수학을 더 잘해서 IT 초강대국이 되었는가?

아이들의 본성을 아름답게 피워내는 것이 교육의 첫 번째 목표여야 한다. 아이들의 아름다운 본성이 스스로 할 수 있는 일을 즐겁게 찾아 나서도록 힘을 보태주는 일이 교육이어야 한다는 생각이 들자 어깨가 더욱 무겁게 느껴졌다.

# 어제, 그들만의 비밀

아이들의 진정성을 믿으며

내가 생각하는 것이 옳다고 착각하며
결정을 내리고 살았던 순간들이
얼마나 많았을까? 느끼고 배우고
반성하는 데는 끝이 없어 보였다.
불통과 소통의 간극은
크지 않았다.

이른 봄, 진로체험학습의 날이었다. 학급별로 체험하는 곳이 다르니 소규모로 단출하게 이동할 수 있어 좋았다. 반별로 다른 장소에서 체험을 하게 되었다. 느끼고 생각하는 것도 아이들마다 다르게 와 닿을 수 있는 날이다.

진로체험장소는 청계천로에 위치하고 있는 한국관광공사였다. 출발에 앞서 이곳에서 하는 일이 무엇인지 기초적인 정보를 제공하였다. 학생들은 한국관광공사 사장이 독일에서 귀화한 사람이라는 사실에 보다 많은 관심을 보였다. 한국에 귀화하여 독일 이씨의 시조가 되었으니 몇 백년이 지나고 나면 후손들에게는 하나의 역사가 될 것이란 사실에 신기한 표정들이었다.

체험 장소를 알려주고 개인별로 찾아오게 하는 방법도 있었지만 오늘은 모두가 동행하기로 했다. 흑석동 종점에서 우리 반 33명 모두는 151번 버스 한 대에 탈 수 있었다. 학급 전원이 함께 나들이를 가는 일이 좀처럼 없는지라 다들 신나는 표정들이었다.

교실이라는 공간에 익숙해져 있던 아이들은 시내버스 안으로 환경이 바뀌자 기대감으로 들떴다. 차가 출발하면서 삼삼오오 친구들끼리 모여 여기서 재잘재잘, 저기서 조잘조잘 이야기들이 피어나고 있었다.

안전이 가장 신경 쓰이는 일이라 학생들을 인솔할 때는 주의가 많이 요구된다. 너무 떠들어서 다른 어른들로부터 핀잔이라도 들으면 기분도 상하게 된다. 공공질서에 어긋나는 일이니 교육을 맡고 있는 처지에서 무안하기도 하고 죄송한 마음도 든다. 그래서 오늘은 출발하기 전에 질서 교육을 했다. 아이들도 스스로 깨달은 탓인지 차 안에서 크게 떠들지 않았다. 인성 교육에서 배려하는 마음은 그 시작이기에 당부를 철저히 했다. 질서 있는 아이들의 행동이 기특하고, 고맙게 느껴졌다.

아이들에게 차창 밖으로 스치는 간판과 사물들은 웃고 웃기는 이야기 소재들이었다. 중학생들인데도 차창 밖 세상은 호기심 천국이었다. 다양한 체험은 이래서 필요한 것이다. 보는 것이 느끼는 것이고, 느끼는 것이 생각을 키우는 일이었다. 창밖으로 스치는 꽃을 보며 민예가

"저 꽃 좀 봐. 예쁘지 않니?"

라고 말하자 정숙이가

"내 얼굴이네."

하고 말을 잇자 '까르르~' 웃음이 터졌다. 간판이 조금만 이상해 보여도 웃게 되고 말들을 이어나간다. 작은 모형 건물이 보이자

"우리 집 신발장 같네."

라는 황당한 이야기에도 함께 웃어 주었다. 조잘거리는 친구들의 대화를 등 뒤에서 말없이 듣고만 있던 미예가

"애들이 미쳤군."

뜬금없이 일침을 놓자 그것조차도 웃음으로 변환시키는 아이들이다. 중학생 소녀들만이 가질 수 있는 무한한 호기심과 천진한 감정 표현들이다. 옆에서 이야기를 듣고 있던 나도 어느새 아이들의 맑은 이야기와 수다 속으로 은근히 빠져들었다. 사람은 발달 단계를 거치면서 성장한다. 16년

을 살아온 아이들 눈으로 보는 세상은 50년을 살아온 내 눈으로 보는 세상과는 분명히 다를 것이다. 아이들의 이야기를 듣고 있자면 맑은 영혼으로 느껴질 때가 있다. 아이들에게 눈높이를 맞추고, 이해해주는 만큼 그들도 나와 거리를 좁혀 주었다. 친근하게 다가오는 표정은 사람과 사람 사이에서만 느낄 수 있는 정겨움이었다.

목적지 정류장에서 내려서 한국관광공사 지하 전시장으로 향했다. 조용하고 정리 정돈이 잘 된 전시장이었다. 정연한 질서 공간에 흠집을 내지 않으려고 다시 한 번 아이들에게 당부를 했다.

"여기는 외국인들이 많이 오는 장소이고 실내이기 때문에 떠들면 크게 울려퍼집니다. 중대부중과 3학년 7반의 품격이 유지될 수 있었으면 좋겠어요. 알겠지요?"

"예."

하고 주위를 배려하는 나지막한 대답이 들려왔다.

정말 아이들은 내가 신경 쓸 필요가 전혀 없이 자발적으로 질서를 지켜주었다. 나도 편안하게 시간을 보낼 수 있는 여유가 생겼다. 이곳은 전시물 관람과 체험을 할 수 있는 공간으로 구성되어 있었다. 종목별로 조를 짜서 체험을 시작하였다. 궁중 한복을 입어보고, 종이접기로 한복을 직접 만들어보고, 붓글씨로 쓴 자기 이름도 받을 수 있었다.

한복을 곱게 차려 입은 아이들에게 감탄과 찬사가 여기저기서 쏟아졌다.

"미선아, 너무 예쁘다."

"미진아, 넌 정말 천사 같아."

"어머, 예지야. 진짜 이쁘다."

한국관광공사의 친절한 여직원들도 학생들의 무구한 반응에 밝게 웃어주었다. 16살 소녀들이 입었기에 더더욱 예쁠 수 있었다. 우리 한복이 이렇게 예쁘다는 느낌이 아이들에게 전해지면서 우리 것에 대한 자부심도 충분히 전해지는 시간이 되었다. 외국인들도 아이들의 예쁜 모습에 환한 미소를 지었다.

체험을 끝내고 밖으로 나가서 귀가 안내를 하자 아이들은 "선생님 기념사진 찍어요."라고 합창을 했다. 아이들은 자신만의 끼를 발휘하며 다양한 포즈를 취했다.

"자, 이제 집으로 돌아갈 시간입니다. 여러분! 시험도 1주일밖에 남지 않았죠. 갈 때도 동행하는 것이 어때요?"

시험이 얼마 남지 않았는데 행여 이탈하여 시간을 낭비하는 경우가 있을까 싶어 아이들을 흑석동까지 데려갈 욕심이었다. 절제하지 못할까봐 아이들을 걱정한 탓에 선택한 결정이었다.

그런데 "자, 그럼 함께 이동합시다."라고 운을 떼자마자 아이들은 머뭇거리기 시작했다. 아이들은 나와 생각이 다르다는 표정을 지었다. 그러더니 소정이가 운을 뗐다.

"선생님, 저희 조금만 놀다 가면 안 돼요? 꼭 가볼 곳이 있어서 그래요."

"시험이 얼마 남지 않았는데 꼭 지금 가야 되니?"라고 했지만 아이들은 나의 제안을 받아들일 생각이 전혀 없어 보였다.

실망과 걱정이 앞서면서 나랑 흑석동까지 동행할 수 있는 아이들을 세어보니 33명 중 11명뿐이었다. 내 생각에 동참해줄 것만 같았던 해주랑 다른 아이들까지 완곡하게 동행을 거부하고 나섰다.

돌발 상황이었다. 전혀 예측하지 못한 일이었다. 순간 불편한 심기가 돋아났다. 3월에서 4월 초 오늘까지 아이들은 자발적으로 움직여주었다. 그리고 아이들은 내 생각과 크게 다르지 않았고, 거스르는 일도 없었다. 대화를 하면서 절충하고 소통하는 관계였기에 오늘 아이들의 모습은 첫 시련으로 다가왔고, 당황스럽기까지 했다.

시험을 앞두고 있어 담임인 나로서는 부모님과 학생들의

의중을 함께 고려해야 했다. 시험을 앞둔 상황에서 아이들을 인솔하고 함께 귀가하는 것이 모두에게 최선이라고 판단했다. 그런데 나와 생각을 달리하는 아이들이 무려 22명. 너무 많았다.

이를 어쩌나!

묘책이 없을까 아무리 생각해봐도 뾰족한 방법이 떠오르지 않았다.

생각을 바꿨다.

'그래, 시험보다 가고 싶은 곳을 가는 것이 너희들에게 더 중요할 수도 있겠지.'

그래도 마음은 여전히 불편했다. 아이들은 3학년이고, 완연한 봄은 아직 오지도 않았는데 벌써부터 느슨해지는 것인가! 위안과 우려가 교차되었지만 어쩔 수 없이 아이들의 요구를 받아들이기로 했다.

'모처럼 시내에 나왔으니 눈요기를 하고 싶은 마음도 있겠지.'

애써 편안한 마음으로 아이들을 대했다.

"늦지 말고 집에 도착하면 전화해라."

조금은 안심이 되었던 것은 22명의 학생들이 여러 그룹으로 나뉘어 헤어지는데 계획을 세워 일사분란하게 움직이

는 모습이었다. 갑자기 기분 따라 취하는 돌발 행동은 아닌 것 같았다. 미선이 그룹에서는

"선생님 걱정 마세요."

"30분이면 돼요. 그리고 바로 갈 거예요."

나의 마음을 알아차리고 나를 안심시키려는 모습까지 보여주었다. 철이 잔뜩 들어 있는 말투가 그나마 고맙게 느껴졌다.

22명을 남겨둔 채 11명과 함께 버스에 몸을 실었지만 나의 마음은 명동을 떠나지 못하고 있었다. 다음 정거장에서 사람들이 내려 자리가 나자 미진이가 극구 나에게 앉으라고 한다. 요즘은 이런 예의 바른 아이가 돋보이는 시대가 되었다.

이튿날 아침이 밝았다.

8시 10분이면 아이들은 모두 교실에 와 있다. 나는 출근 후 일과 준비를 하다가 8시가 조금 넘어 부랴부랴 학급에 올라가기 위해 일어섰다. 그런데 해빈이가 환한 미소를 지으며 교무실로 들어왔다. 너무 밝은 모습으로 다가오기에 옆에 있던 동료 교사조차 "해빈아, 기분 좋은 일이 있나 보다."라고 거들었다. 나 역시

"해빈아, 좋은 일 생겼니?"

해빈이는 그냥 웃기만 했다.

"나한테 할 말이 있구나. 그렇지?"

"예."

"그래 잘 왔다."

아이들이 나를 찾아주는 것은 기분 좋은 일이다. 내가 필요하다는 증거이기 때문이다. 작은 일에도 나를 찾아줄 때는 소통을 하고 있다는 생각에 더욱 기쁘게 느껴진다.

기분이 좋으면 좋은 대로, 기분이 나쁘면 나쁜 대로, 친구와 다투어 기분이 상했으면 상한 대로, 공부를 더 열심히 해야겠다는 마음이 생기면 생긴 대로, 부모님하고 갈등이 있으면 있는 대로 나를 찾아주는 아이들이 있기에 존재감을 느끼고 있었다.

그런데 반갑게도 해빈이가 손님처럼 찾아왔다. 그것도 이른 아침에 왔으니 기쁜 마음이 앞섰다. 반가운 나머지 교실에 올라가야 한다는 생각보다 해빈이가 찾아온 이유가 궁금했다.

"여기 앉자. 반가운 손님이네."

손님이라는 말에 멋쩍어했다.

"밝은 미소를 보니 나쁜 일은 아닌 것 같네."

"선생님, 저 집중이 안 돼요."

일반적으로 아이들은 처음에 약간 망설이면서 말을 꺼내는데 해빈이는 곧바로 본론으로 들어갔다.

"해빈아, 요즘 집중력이 좋아지고 있는 것처럼 보였는데 고민이 있었구나."

"그게요, 학교 수업 시간에는 집중이 돼요. 그런데 집에서 공부하다 보면 자꾸 딴 생각으로 빠져요."

"공상을 자주 하니?"

"예, 맞아요."

"그래도 다행이다. 학교에서는 집중이 된다니. 해빈아, 공상할 때는 시간도 잘 가고 재미있지 않니?"

"맞아요."

"그런데 공상도 하면 할수록 습관화되고, 중독성을 가지고 있다는데……. 해빈아, 공부하다가 왜 그런 생각으로 빠지게 되는지 한 번 생각해 볼까?"

"혹시 공부를 하다가 어려워지거나 하기 싫을 때 그런 경우가 많니?"

"맞아요."

"그럴 때는 어떻게 하면 공상으로 빠지지 않고 공부에 집중할 수 있을까? 이렇게 해보면 어떻겠니?"

1차 상담 때 나의 제안 내용을 모두 수용할 것 같은 긍정적인 아이였기 때문에 대화는 쉽게 무르익어 갔다. 금세 시간이 흘러 학급에 올라가야 할 8시 10분을 넘기고 30분이 다 되어갔다.

"해빈아 오늘은 기분 좋은 날이다."

"왜요?"

"너의 밝은 미소를 보았으니까. 자, 같이 올라가자."

표정이 더 밝아진 해빈이와 함께 서둘러 계단을 올라가는데 다른 반 학생이

"선생님 생신 축하드려요!"

라고 하는 것이 아닌가!

순간 묘한 기분이 들었다.

'무슨 일이지? 아직 생일은 더 있어야 하는데.'

여러 생각들이 순간 교차되었다. 설마 하면서 교실 앞에 다가갔을 때 나를 위한 이벤트 준비가 마무리 단계에 있었다. 아이들은 음력을 양력으로 생각한 것이다. 준비가 덜 됐는지 민주가 나를 가로막았다.

"선생님, 잠깐만요."

잠시 후에야 교실 입장이 허용되었다.

교탁은 교실 중앙으로 옮겨져 있었다. 교탁 위에는 세상

에서 가장 아름답고 정성스러운 케이크가 촛불을 벗 삼아 빛나고 있었다. 나를 기다리고 있는 케이크였다. 출입문에서 교실 중앙 교탁까지는 알록달록한 풍선 길이 나를 안내하고 있었다. 교탁으로 다가가자 또 다른 풍선들이 네 귀퉁이를 에워싸고 있었다. 칠판에는 정성스러운 축하글과 풍선이 가득했다.

이보다 더 행복한 생일 축하 파티가 있을까!

나의 입김으로 촛불이 한꺼번에 꺼지자 아이들의 함성과 박수가 우렁차게 쏟아졌다. 이성은 마비되고 너울대는 감성만이 파도처럼 밀려왔다. 졸지에 벌어진 생일 축하 파티에 나는 할 말을 잊고 말았다.

"얘들아 너무 고맙다. 꿈에도 생각 못했던 일이다. 너무 행복해서 내가 할 말을 잊어버렸는데 어쩌지?"

아이들의 웃음소리가 터져 나왔다.

"오늘은 오랫동안 잊지 못할 날이 될 것 같구나."

아이들과 나눠 먹으려고 케이크를 자르려 하자 아이들은 극구 집에 가서서 드셔야 한다는 것이다. 큼지막한 글씨로 '대장'이라고 쓰인 모자와 커다란 하드보드에 하트 모양으로 장식된 33명의 정성어린 메모판도 놓여 있었다.

아이들이 아침 7시 전부터 등교하여 만든 결과물이었다.

어제 진로체험학습이 끝난 후 나의 귀가 동행 설득을 물리치고 삼삼오오 짝을 이루어 사방으로 흩어진 것도 오늘 행사를 위한 준비 과정이었다. 어제 있었던 모든 비밀과 수수께끼 같은 일들이 한순간에 풀려나갔다. 창문으로 들어오는 햇살은 더 밝고 따스해졌다.

어제 나를 불안하게 만들었던 아이들의 행동은 생일 축하 이벤트 물건을 구입하기 위한 사전 계획이었다. 나의 실망과 우려하는 표정에도 굴하지 않고, 어제 아이들이 취한 행동은 내가 눈치 채지 못하도록 하기 위한 연극이었다.

더욱 기가 막힌 것은 해빈이의 상담 요청이었다. 의외로 행사 준비가 길어지자 내가 교실로 올라오는 시간을 조금이라도 늦추기 위한 지연작전이었다. 그런데 내가 행복했던 것은 상담 내용까지 거짓은 아니었다는 사실이었다. 준비가 늦어지자 진짜 상담을 하고 싶은 학생이 자청을 한 것이다. 완전히 성공을 거둔 작전이었다.

시험을 앞두고 있다는 이유로 전원에게 흑석동까지 동행을 강요했다면, 아이들과 나와 소통은 어떻게 되었을까! 아이들은 나를 시험만을 최우선으로 생각하는 교사로 판단하지 않았을까! 아이들과 진정성을 가지고 쌓아온 관계에는 어떤 영향을 미쳤을까! 눈에 보이는 것이 전부가 아니라는 평범한 이치를 다시 한 번 느끼게 해준 사건이었다.

내가 생각하는 것이 옳다고 착각하며 결정을 내리고 살았던 순간들이 얼마나 많았을까? 느끼고 배우고 반성하는 데는 끝이 없어 보였다. 불통과 소통의 간극은 크지 않았다. 내 생각과 욕심을 조금만 내려놓으면 상대방이 조금씩 또렷하게 보였다.

이번 일은 아이들을 더 믿게 되는 계기가 되었다. 비 온 뒤에 땅이 단단해지듯이, 나와 우리 반 아이들과 그렇게 2013년 4월을 보내면서 더 나은 5월을 맞이할 준비를 할 수 있게 되었다.

# 교실에서 보낸 하룻밤

교육은 성선설을 뒷받침하는 것이다

집을 떠나 낯선 곳에서 잠을 잔다는
사실만으로도 아이들은
호기심과 설렘으로 들뜬다. 야영은
부모님에게는 감사하는 마음을, 친구들에게는
이해와 배려의 싹을 틔우는 데에
의미가 있다.

학년말이 다가오면 우리 학급은 야영을 한다. 입시와 지식 공부에 몰입되어 있는 아이들에게 또 다른 바퀴가 필요하다고 생각해서다. 색다른 경험을 통해 다른 생각도 할 수 있기 때문이다. 야영할 때는 서로 몸을 부딪치는 일이 많다. 색다른 감성도 일어난다. 일렁이는 생각 속에서 혼자가 아니라 친구가 내 곁에 있다는 생각도 갖게 된다.

집을 떠나 낯선 곳에서 잠을 잔다는 사실만으로도 아이들은 호기심과 설렘으로 들뜬다. 야영은 부모님에게는 감사하는 마음을, 친구들에게는 이해와 배려의 싹을 틔우는 데에 의미가 있다. 야영 과정에서는 자연스럽게 협동심이 생겨난다. 그 속에서 자기표현도 해야 한다. 나를 알아가면서 친구를 이해하고 자신감을 늘려나가는 일이다. 그래서 야영은 인성 교육의 훌륭한 장이 될 수 있다.

조 편성은 되도록 무작위로 추첨을 한다. 새로운 친구를 접하고 적응하는 것부터가 사회 생활의 시작이고 배우는 과정이라고 생각하기 때문이다. 조별로 밥을 하고 국도 끓여야 한다. 주 메뉴 한 가지씩은 조별로 현장에서 직접 만들어보는 과정도 있다.

성국이네 조는 살아 있는 조갯살을 준비했다. 파를 썰고, 마늘까지 다지는 모습이 남학생들로서 꽤 진지하다. 조리 과정에서 맛을 보는 정성스러움은 어머니의 모습까지 연상된다. 다들 요리에 흠뻑 빠져가는 모습은 모두를 위한 몰입이다. 아이들의 이러한 생산적 몰입 상태는 요리 후 즐거운 만족감으로 다시 피어나게 된다.

경미네 조는 조별 역할 분담이 잘 되어 무엇을 할지 몰라 망설이는 조원이 없다. 철저한 계획과 준비였다. 여학생들은 우왕좌왕하는 모습이 덜한 편이다.

남학생 중에서 영민이네 조는 '먹는 것이 최고'라며 삼겹살부터 구워먹기 시작한다. 상차림은 뒷전이다. 자기들 딴에는 '이것이 차별화'라는 나름의 정당성도 갖고 있다.

올해는 부모님들도 초대했다. 자녀들의 활동을 지켜볼 때 아이들에 대한 이해의 폭도 커질 것이라 생각했기 때문이다. 딸들이 정성스럽게 요리를 하는 모습을 집에서는 본 적이 없었다고 말하는 어머니도 있다. 그런데 이러한 모습을 보더니 한 어머니는 "얘들 시집가도 되겠네."라는 말까지 건넸다.

아이들은 자신들이 하고 싶은 일에서는 천부적인 재능이 피어난다. 아이들을 대하다 보면 성악설보다 성선설이 맞다는 생각을 꼭 하게 된다. 그리고 교육은 성선설을 뒷받침하는 것이라는 생각이 든다. 단지 발현할 기회가 없었기 때문에 잠재 능력을 살리지 못한 것뿐이다.

아이들은 자신들이 만든 음식을 직접 평가하며 맛을 본다. 인기 있는 메뉴에는 다른 조원들도 기웃거린다. 조별로 모아진 음식은 종류도 다양하고 울긋불긋 화려하게 차려진 푸짐한 뷔페 같다. 오늘은 어머니들이 자녀들을 보살펴주는 날이 아니다. 상차림을 받는 날이다. 아이들은 상차림을 끝낸 후 교환의 가치를 내세우며 음식을 나눠먹는다.

먹는 즐거움 뒤에 반드시 뒤따르는 설거지는 조리의 마무리 과정이다. 이때는 솔선수범의 봉사 정신이 요구된다.

감점을 의식했는지 성찬을 마련하느라 어질러져 있던 조리실은 다시 깔끔한 모습으로 돌아갔다. 부모님들은 박수를 받으며 퇴장하고 아이들은 레크리에이션을 위해 교실로 이동했다.

"여러분, 저녁 맛있게 먹었나요?"

"예!!"

목소리에 생기가 넘쳤다.

"그럼 음식 조리를 하면서 느낀 소감을 말해볼까요? 지금부터 5분 간 조리 과정에 대해 조별로 대화를 하고 조장이 종합해서 발표하도록 합시다."

얼마 후 6명의 조장이 발표자로 나섰다.


요리를 하기 위해서 재료를 준비하고, 요리를 해서, 먹고, 설거지까지 하는 과정이 쉬운 것은 아니었다.


요리사가 꿈이었는데 내 요리할 때 가장 즐겁다.


요리를 처음 해보고, 상차림도 우리 힘으로 해야 해서 힘들 것 같았는데 친구들끼리 힘을 합치니 의외로 재미있었다.

등등 조별로 긍정적인 느낌들을 쏟아냈다. 틈을 놓치지 않고 나도 한마디 거들었다.

"여러분, 이 순간 선생님이 한 가지 꼭 하고 싶은 말이 있습니다."

아이들은 순간 조용해졌다.

"여러분들은 매일 손가락 하나 까딱하지 않고 밥상을 받지요. 하지만 매끼의 밥상은 오늘 여러분이 겪은 과정을 거쳐 올라온 것입니다. 어머님은 365일을 하루같이 여러분이 오늘 했던 것과 같은 수고를 귀찮아하지 않고 반복하셨습니다. 이제는 밥투정보다 감사하는 마음을 먼저 가졌으면 합니다. 그리고 자주는 못해도 설거지나 요리할 때 어머니를 도와드려보세요. 이것이 오늘 야영의 첫 번째 의미입니다. 여러분, 하고 싶은 생각이 듭니까?"

"예!"

라고 하면서 고개를 끄덕이는 아이들도 눈에 띈다. 한 번의 깨달음으로 습관화되는 것이 불가능하다는 건 알고 있지만, 오늘이 작은 시작이길 바라는 마음이다.

이어서 펼쳐진 레크리에이션은 학생들이 가장 재미를 붙이는 과정이다. 모두가 주인공으로 직접 참여한다. 항상 뒷전에서 맴돌았던 아이들도 쭈뼛쭈뼛하다가 이내 적극적으로 참여한다. 게임을 통해서는 의외의 주인공들이 탄생한다. 평소에는 주목받지 못했던 아이들이 기대 이상의 성과를 내기도 한다. 이럴 땐 친구들에게 박수와 환호성의 선물을 받으며 얼굴도 붉게 물든다.

풍선 날리기는 요절복통 자체다. 끊임없이 이어지는 폭소에 눈물이 날 지경이다. 내 풍선이 어떤 모습으로 날아갈까 날리기 전에 아이들은 긴장감까지 갖는다. 하지만 일단 풍선이 아이들 손을 떠나는 순간 예측할 수 없는 방향과 모습에 폭소를 자아낸다. 미리 짜인 시나리오가 존재할 수 없는 럭비공 같은 상황을 풍선이 만들어낸다.

돼지씨름에서는 몸이 날랜 정희가 자신보다 덩치가 훨씬 큰 재희를 무력화시켰다. 정희의 빠른 몸놀림으로 재희는 제풀에 쓰러지고 말았다. 평소 조용하기만 했던 정희는 친구들로부터 환호를 받았고, 맥없이 넘어진 재희는 친구들에게 재미있는 웃음을 선사했다.

'친구 찾기'에서는 그동안 몰랐던 친구의 모습들이 하나씩 새롭게 밝혀졌다. 친구 찾기란 1년 간 친구들과 지내 오면서 느낀 특정 친구 한 명을 조별로 비밀리에 정한 후 그 친구에 대한 외적, 내적 특징을 모두 적은 다음, 조대표가 나와서 하나씩 친구의 특징을 말하면 다른 조에서 누구인지 맞춰나가는 게임이다. 어려운 특징에서 쉬운 특징으로 친구의 특징을 좁혀나가면서 말하게 된다.

이미 알고 있던 친구의 특징인데도 재미있는 친구들의 표현에 놀라 자빠지는 모습이었다. 오히려 담임인 내가 아이들의 특징을 속속들이 잘 몰라 답이 한 박자 늦었다. 주인공은 친구들이 바라본 자신의 모습에 놀라기도 하고, 자신이 본 모습이 이랬나 하고 즐거워하기도 한다.

다음은 담력 테스트다. 아이들이 가장 기대하는 순서다. 무서운 것을 싫어하면서도 즐기고 싶은 이중 심리가 묻어난다. 코스별로 2명씩 이동하여 32명의 친구들이 자신에게 써준 롤링페이퍼와 선물을 찾아오는 미션이다. 물론 곳곳에 공포가 도사리고 있다. 아이들이 출발하고 몇 분 뒤부터

"꺄아악~~!!"

괴성이 들려오기 시작했다. 그럼에도 롤링페이퍼와 선물이라는 목표가 있기에 아이들은 칠흑 같은 어둠을 헤치고 나간다. 출발하기 전 아이들이 긴장하는 모습은 병사들의 출정식 못지않다. 아이들은 모두 미션에 성공했다.

아이들은 자신들이 찾아온 롤링페이퍼를 읽느라 한동안 정신이 없다. 휴대폰에 빠져 있는 모습과는 사뭇 다른 표

정들이다. 얼굴에서 미소가 배어나오다가 어느 새 진지한 모습들이다. 자신의 모습을 써준 친구와 인간적으로 소통하고 있는 표정들이었다. 나 역시 아이들로부터 받은 롤링페이퍼 내용에서 느꼈던 경험이 있는지라 지금 아이들이 느끼고 있을 내적 전율과 감동이 짐작되었다.

내용을 다 읽었을 무렵 둥글게 모여 앉게 했다.

"여러분 우리는 야영을 시작하면서 제일 먼저 직접 요리를 해서 저녁을 먹었습니다. 그리고 레크리에이션과 담력 훈련도 마쳤습니다. 이제는 마지막 단계로 심성 훈련을 앞두고 있습니다. 여러분들은 스스로 노력하여 음식을 먹을 수 있었습니다. 성취감도 느꼈을 것입니다. 레크리에이션 시간에는 한바탕 웃으며 즐거운 시간을 보냈습니다. 하지만 인생은 항상 배불리 먹을 수 있고, 즐겁고, 행복하지만은 않습니다. 어려움도 따르고 두려움도 몰려오는 경우가 생깁니다. 이러한 고난은 우리가 당당히 맞서서 극복할 수 있어야 더 나은 미래로 나아갈 수 있습니다. 여러분은 담력 훈련에서 두려움을 이겨내고 롤링페이퍼와 선물을 찾을 수 있었습니다. 이처럼 우리의 삶은 노력하고 극복해야 원하는 것을 얻을 수 있게 됩니다. 그럼 지금부터 심성 훈련은 우리가 어떻게 살아야 하는지를 깨닫는 시간입니다. 우리는 관계 속에서 살아갑니다. 친구와 관계, 가족과의 관계에서 어떤 사람들이 행복할까요? 그런 사람이 되려면 어떻게 해야 될까요? 자기중심적인 사람은 친구에게 불편을 줄 때가 많습니다. 상대방이 편안하게 느끼는 사람은 어떤 사람일까요? 지금부터는 롤링페이퍼에 담긴 내용 중에서 가장 마음에 와 닿는 친구의 이야기를 한 편씩만 낭독하도록 하겠습니다."

회장부터 시계 방향으로 순서를 붙여 주었다. 친구가 써준 글을 읽으며 아이들은 친구에 대한 고마움을 느끼기 시작했다. 재미난 글에서는 모두에게서 웃음이 터져 나왔다. 읽으면서 어떤 친구의 글인지도 밝혔다. 특히 좋은 글을 많이 써준 해빈이와 선우가 자주 등장하였다. 친구의 표현이 자신과 눈높이가 맞는지 고개를 끄덕이며 공감을 표하고 있었다. 친구의 관심어린 글은 훌륭한 감정 코칭이었다. 닫혀 있던 마음의 문도 열기 시작했다.

이어서 불을 끄고 원 가운데에만 은은한 조명을 준비했다. 건너편 사람은 희미한 형체로만 보이고 있었다. 내면의 이야기를 할 수 있는 분위기였다. 담임인 나부터 이야기를 꺼냈다. 그리고 부회장부터 시계 반대 방향으로 돌아가면서 이야기를 하도록 했다.

그런데 뜻밖에도 아이들이 자신의 내면을 솔직하게 드러냈고, 우는 아이들까지 있었다. 자신의 잘못까지 당당히 드러내는 놀라운 용기는 어디서 나왔을까? 친구에게 미안한 감정을 토로하고 잘 지내자는 말도 잊지 않았다. 야영이 끝나고 가장 의미 있는 시간이 무엇인지 묻는 소감에서 놀랍게도 심성 훈련이 지목되었다.

날이 밝아 기상 시간이 되었다. 밤새 재잘거렸던 탓에 아이들은 일찍 일어나기 힘들어 한다. 멋내기에 관심이 많은 미희는 남들보다 일찍 일어나서 화장을 시작한다. 화장 솜씨가 능숙하다. 다른 친구들과는 사뭇 다르다. 그 다름을 다른 아이들도 인정하는 눈치다. 나서기 좋아하는 금희가 "웬 화장"이라고 한마디 흘린다.

경순이는 거의 졸면서 이불을 챙긴다. 성애는 일어나자마자 밝은 표정이다. 잠자리 정리는 뒷전이고 뭐가 그리 좋은지 친구를 붙잡고 조잘대기 시작한다. 주위 분위기는 아랑곳하지 않고 잠에서 깨어나지 않으려고 버티는 자애를 미성이가 "이 잠꾸러기, 빨리 일어나!"라고 소리치며 매몰차게 깨운다.

잠에 취한 건지 상념에 잠긴 건지 멍해 있는 아이, 일어나자마자 어제 먹다 남은 과자를 먹는 아이, 아침부터 핸

드폰부터 켜고 빠져든 아이……. 깨어나는 모습도 아이들 숫자만큼이나 다양하다.

나는 재촉하지 않았다. 다만 단체 생활인 만큼 시간 안에는 정리를 마치도록 주문을 했다. 제시간 안에 정리가 될 것 같지는 않았다. 조별 질서 점수에 반영한다고 선언하니 그제야 후다닥 서둘기 시작했다. 점수에 길든 탓일까? 협동심의 발로일까? 둘 다일 것이라는 생각으로 지켜봤다.

야영은 친구의 존재를 이해하고 배려할 줄 아는 아이, 부모님에게 감사하는 마음이 조금이나마 싹트기를 소망하는 과정이다. 싹이 트다 말고 시드는 아이보다 싹이 자라나는 아이가 더 많기를 바란다.

# 답사, 삶의 공간을 품어보기

보고, 느끼고, 사유하게 하자

네가 나에게 준 시원한 그늘은 잊지 않을게.
어른이 되면 갚을게.
나도 너처럼 힘든 사람에게
그늘을 만들어주고 싶어졌다.

창문으로 들어오는 햇살이 너무 맑아 마음까지 투명해지는 아침이다. 맑은 햇살을 타고 들어온 바람은 서달산 푸른 숲을 지나왔는지 시원한 수풀 향기를 교실로 실어 날랐다. 깨끗한 날씨는 남산 타워까지 가까이 갖다 놓았다. 밤새 내리고 아침에는 홀연히 사라진 비 덕분이었다.

오늘은 야외 동아리 활동이 있는 날인데 날씨까지 좋다. 야외로 나가면 아이들은 호기심이 더 많아진다. 학교에서 배운 지식을 현장에서 목도하면 보물을 찾은 것처럼 기뻐한다. 듣는 것보다 보는 자극이 더 크다는 것을 증명하는 셈이다. 교실에서는 질문을 좀처럼 하지 않던 나목이도 답사 때에는 질문을 한다. 아이들의 생기발랄한 잠재력은 야외에서 껍질을 깨고 나오는 것 같다.

럭비공 같은 아이들의 질문에 답을 못할 때도 생긴다. 나까지 공부시켜 주는 아이들의 초롱초롱한 눈망울이 마냥 고맙다. 구석구석 관찰하고, 만져보면서 앞서간 사람들의 자취를 느껴보려는 모습이 진지하기만 하다.

나누어준 답사지의 해답을 얻기 위해 관찰하고, 나에게도 열심히 질문을 한다. 어떤 아이는 혼자서 또는 친구들끼리 몰입하여 활동하는 모습은 아름답기까지 하다. 아이들이 역사의 진미를 느끼고 있는 듯하다.

봄인데도 땀이 송골송골 등과 가슴에 맺힌다. 아이들도 힘들어할 때가 있다. 그런데 때마침 어디에서 왔는지 휙 몰아치는 청량한 바람은 아이들의 땀을 닦아주며 답사 때마다 동행해주는 고마운 친구다.

오늘의 답사는 먼 곳이 아니다. 지근거리에 있는 우리 고장 서달산이다. 향토문화 탐방으로는 세 번째 시간이다. 답사는 걷는 것이 기본이다. 걸어야만 역사를 더 가깝게 느낄 수 있게 된다. 너무나 바쁘게 돌아가는 삶에서 아이들은 천천히 바라보는 것 자체를 잊고 산다. 책상 위의 지식에 얽매이도록 강요받고 있다. 그러니 보고, 느끼고, 생각하며 걷는 일은 더 익숙하지 않다. 사유해야 해결할 수 있는 과제도 싫어한다.

그러다보니 역사산책반의 인기도 예전만 못하다. 10여 년 전만 해도 40여 명이었던 숫자는 이제 20명 선에 머물고 있다. 사후 답사보고서까지 반드시 써내야 하는 부담도 소문으로 들어서 더 기피하나 보다.

아이들의 만족스런 표정을 보는 것이 나의 만족이다. 오늘은 가벼운 마음으로 학교에서 가깝고 색다른 내용으로 우리 고장을 살펴보려고 했다.

나를 사랑하는 마음이 있어야 타인을 사랑할 수 있듯이 역사를 알려면 우리 고장부터 아는 것이 중요하다고 강조하며 서달산으로 향했다. 20여 분을 걸어서 서달산 정상에 올랐다. 나지막한 야산이지만 산마루에 서니 학교는 물론이고 우리 동네 흑석동이 한눈에 들어왔다.

"와아!"

탄성이 아이들의 입에서 나왔다. 자신이 아는 친숙한 장소를 찾는 것인지 아이들은 흑석동을 한참 동안 굽어보고 있었다. 언제든지 바라볼 수 있었던 동네 산이지만 아이들은 자주 오르지 않았던 모양이었다. 유경이는 처음 올라와 봤다고 한다. 아이들은 자신들의 삶의 터전인 흑석동을 산 정상에서 가슴으로 품어보고 있었다.

그렇게 몇 분이 흘렀다.

아이들에게 A4용지 한 장씩을 나누어 주었다. 그런데 종이를 받아든 아이들의 표정이 금세 달라졌다. 답사지도 아니고 백지였기 때문이다. 야외에서 받아든 백지 한 장의 의미를 알아차리지 못하고 있었다.

"여러분 지금부터 이 종이에 시를 써볼 거예요. 이 자리에서 볼 수 있는 모든 것을 소재로 삼으면 돼요."

아이들이 난감한 표정을 지었다. 쓰고 싶지 않은 눈치였다. 오늘은 가벼운 답사라고만 생각하고 거뜬히 여기까지 올라온 것 같았다.

"왠 시야."

실망스럽다는 표정을 한 미정이가 드디어 입을 열었다.

"선생님, 저는 국어 시간에도 시를 쓰기 싫어하는데 무슨 시예요."

평소 답사 활동에 상대적으로 적극적이지 않던 미정이의 투정이었지만 몇몇 아이들도 동의하는 눈치였다.

"미정아, 먼저 써보겠다는 마음부터 가져보렴. 편안한 마음으로 여기서 네가 보이는 만큼만 쓰면 되는 거야. 점수가 있는 것도 아니고, 수행평가로 반영되는 부담도 없는 시를 써보는 거야. 여러분들도 스스로 느끼는 만큼의 생각을 쓰면 되는 시입니다. 시를 쓰고 나면 여러분들이 소중하게 쓴 시를 이용하여 게임을 할 겁니다. 상품도 많이 준비했습니다. 자, 쓸 수 있을 것 같지 않나요?"

"예."

긍정도 부정도 아닌 낮은 목소리였다. 하지만 처음보다는 표정들이 훨씬 다소곳해졌다. 그때 민석이가

"선생님, 게임이 뭔데요?"

라며 게임에 더 많은 관심을 보였다.

"게임 내용을 미리 알면 재미가 없는데. 하지만 너의 생각을 잘 담아내면 게임에서 유리하단다."

라고 토를 달았다.

"여러분, 지금은 국어 시간이 아니고 역사산책반 시간이에요. 그러니까 시의 내용도 좀 달랐으면 합니다. 서정성만이 아니라 시간의 가치가 들어갔으면 해요. 역사성 있는 가치를 말하는 것입니다. 자, 이제 써보세요. 시간은 40분입니다. 나는 여러분들의 도우미가 될 것입니다. 도움이 필요한 친구들은 바로 말하세요."

시간의 가치와 역사가 느껴지는 목적시가 무엇인지 감을

잡지 못한 아이들은 어려워하는 표정이었다. 여기저기서 질문이 나왔다. 시를 쓰기 시작한지 채 몇 분도 되지 않아서 채선이가 혼자서 끙끙거리는 모습이 보였다. 조금 쓰다 말고 도움을 청했다.

"선생님, 저는 저 아래 내려다보이는 아파트 공사 장면을 시로 옮기려고 하는데요. 여기에 무슨 가치를 넣어야 할지 모르겠어요."

몇 자 적어 놓은 종이에는 '쿵 꽝꽝 바위를 깨뜨리는 소리'라고 적혀 있었다.

"채선아 '쿵 꽝꽝' 저 소리가 우리 동네에 어떤 변화를 가져다줄 수 있을까? 과거, 현재, 미래의 흑석동 모습이 궁금하지 않니? 생각해보렴. 그래도 힘들면 다시 오렴."

고개를 갸웃거리면서 채선이가 물러났다.

이번에는 영철이가 다가왔다.

"선생님, 저는 저 나무가 참 시원해서 저 소나무에 대해 쓰려고 해요. 그래도 돼요?"

"물론이지."

"그런데 어떻게 써야 돼요?"

한 줄도 쓰지 않고 단도직입적으로 질문한다.

"너 소나무 때문에 시원하다고 했지?"

"네."

"소나무가 너에게 시원함을 주었잖니. 너는 저 소나무에게 무엇을 줄 수 있다고 생각하니? 소나무는 언제부터 여기에 있었을까? 소나무는 그동안 무엇을 보고 살아왔을까? 너보다 나이가 몇 배, 아니 수십 배는 더 먹었을 것 같은데 한번 생각해보렴."

자신감을 가진 것은 아니지만 고개를 끄덕이며 제자리로 돌아갔다.

좋은 것이든 나쁜 것이든 습관으로 굳어지면 그 속에서 사물을 판단한다. 유익한 것을 습관으로 받아들이려는 모습은 흔한 일은 아니다. 노력을 필요로 하기 때문이다. 하지만 동기를 부여하고 자극을 주면 숨어 있는 긍정적 잠재적 능력이 조금씩 피어나는 것을 아이들을 통해서 경험하게 되었다. 노력을 통해 얻은 경험은 자신감으로 부풀어 오르고 좋은 습관으로 자리를 잡았다.

항상 느끼는 것이지만 정말이지 교육은 하루아침에 완성되지 않는다. 백년대계라는 말처럼 좋은 습관은 끊임없는 반복 속에서 얻어졌다. 경험적 반복은 내면화의 길을 거치면서 체화되고, 경험에서 얻은 자신감은 종결이 아니라 시너지 효과를 내면서 또 다른 성장 동력으로 폭발성을 갖고 변화하고 발전하였다. 이것을 깨달은 아이들은 정신적으로도, 학습 면에서도 발전 속도가 빨라지고 있었다.

시간이 흐르면서 22명의 역사산책반 아이들 시가 하나둘 완성되어 갔다. 맨 먼저 완성한 기선이는 나에게 질문은 하지 않았지만 차분하게 자신의 생각을 알차게 담아냈다. 그리고 몇 사람 건너 나를 소리쳐 불렀던 영철이가

"선생님, 제 것도 봐주세요."

라며 자신 있게 내밀었다.


소나무


너는 그늘을 주고 나의 고마운 벗이 되었다.

너는 이곳에서 오랫동안 살았으니 흑석동의 변화를 알고 있겠지.

네가 알고 있는 흑석동 과거를 나도 알고 싶다.

흑석동 역사가 궁금하다.

네가 나에게 준 시원한 그늘은 잊지 않을게.

어른이 되면 갚을게.

나도 너처럼 힘든 사람에게 그늘을 만들어주고 싶어졌다.

영철이가 갑자기 성숙해졌다는 느낌이 확 전해졌다.

"영철아 아까는 선생님도 어떤 글이 나올까 기대 반, 걱정 반이었는데 훌륭한 시를 썼구나. '하면 된다'는 것은 너를 두고 하는 말 같다."

뿌듯해 하는 밝은 얼굴 표정은 몇 십 분 전에는 기대할 수 없었던 모습이었다. 오늘의 느낌이 영철에게 얼마만큼 영향을 줄지는 알 수는 없다. 시작은 항상 미미하다. 하지만 미미한 출발조차도 하지 않는다면 어떤 결과도, 성공도 실패도 없을 것이다.

거의 막바지에 채선이도 시를 내밀었다. 조금은 멋쩍었지만 환한 미소임에는 틀림없었다. 시 쓰기에 몰입했는지 얼굴이 상기되어 볼까지 발그스레하다.

아파트 공사

쿵 꽝꽝거리는 소리는 아파트를 짓는 소리.
쿵 꽝꽝거리는 소리는 흑석동이 달라지는 소리.
쿵 꽝꽝거리는 소리는 아파트 숲이 되는 소리.
쿵 꽝꽝거리는 소리는 흑석동의 역사를 바꾸는 소리……

짧지만 자신의 생각을 담기 위해 노력한 흔적이 묻어났다. 40분이 다가오자 한꺼번에 여럿이 모여들었다. 나는 시를 읽으면서 낭독할 만한 시는 한쪽 구석에 '비표'를 해두었다. 그리고 각자에게 시를 돌려주었다. 그리고 구기지 말고 종이비행기를 접도록 했다. 시를 가지고 왜 종이비행기를 접나 하는 눈치를 주는 아이도 보였다.

오랜만인지 아니면 경험이 없는 것인지 종이비행기를 접지 못하는 아이들도 눈에 띄었다.

"영철아, 네가 잘 접으니까 비행기 접는 방법 좀 후배에게 알려주렴."

영철이는 자존감이 높아진 것 같다. 시를 잘 써 칭찬받고 종이비행기 접는 방법을 가르쳐줄 기회까지 잡았으니 말이다.

종이비행기를 다 접은 다음 산을 내려왔다. 그리고 산 아래 넓은 공터에 자리를 잡았다. 아이들과 오락하기에 딱 좋은 장소였다.

"여러분! 이제부터는 여러분들이 기대했던 게임을 하려고 합니다."

학생들은 박수와 환호로 답했다. 시키지 않아도 즐거운 일에는 항상 준비된 멘트와 행동들이다. 호기심쟁이 기철이

는 내 옆에 바짝 붙어서

"선생님 대체 종이비행기로 무슨 게임을 하려고 그래요?"

라고 물으며 정보를 미리 알고 싶어 나를 떠본다.

"일단 비행기를 다른 사람보다 멀리 보내면 이길 수 있는 게임이야."

라고 말하자 멀리 날리는 것쯤이야 자신이 있는지 여유로운 미소까지 짓는다. 야외에서는 단순하면서 등위를 가를 수 있는 게임을 아이들은 좋아한다.

22명을 3개 조로 나누었다. 한 조가 7, 8명으로 횡으로 한 줄로 서서 한 사람씩 나의 신호에 맞추어 종이비행기를 날리기 시작했다. 내 비행기가 얼마나 멀리 날아갈까? 기대감이 큰 만큼 긴장감도 컸다. 송림이는 멀리 날리겠다는 의욕만을 가지고 힘껏 던졌다. 날아가는 종이비행기에 모든 이의 시선이 집중되었지만 예상 밖의 비행 항로에 웃음이 터졌다. 장거리 비행을 예상했지만 현실은 영 딴판이었다. 코앞에서 비행기는 급전직하하고 말았다.

다음은 기철이가 날렸다. 순항이었다. 민서의 종이비행기는 한순간 불어온 바람을 타고 멀리까지 한참을 날아가 미끄러지듯이 사뿐하게 착륙하였다.

"와아~!!"

장거리 비행에 탄성이 쏟아졌다. 아이들은 탄성과 아쉬움을 토해내며 하나가 되어 가고 있었다. 교사가 만들어 가는 것이 아니라 아이들 스스로 해보는 체험에서 나오는 재미와 만족감이었다. 교사는 아이들을 위해 존재한다는 사실을 깨우쳐주고 있었다. 모든 종이비행기가 착륙하자 가장 멀리 비행한 3명에게 상품이 주어졌다.

"여러분, 이젠 날아간 종이비행기를 주워 오는데, 자기 것이 아니라 친구의 종이비행기를 주워 와야 합니다."

내 것이 아닌 종이비행기를 줍는 것이 중요했다.

"여러분! 친구의 종이비행기를 하나씩 다 갖고 있지요. 이제 빙 둘러 앉아 보세요. 친구의 시를 낭송하는 시간입니다. 시를 낭송하는 사람은 행운상을 받게 됩니다. 종이비행기를 펼쳐보세요. 그리고 시 제목 옆에 체크된 표시가 있는 사람만 손들어 보세요."

7명이 손을 들었다. 잘 쓴 시를 실은 종이비행기를 주운 아이들이었다.

"7명의 친구들이 정성스럽게 시를 낭독하는 시간을 갖겠습니다."

자신의 시는 친구의 목소리를 통해서 또 다른 느낌으로 다시 탄생하였다. 영철이는 자신의 시가 친구의 목소리를

통해 전해지자 쑥스러워했지만 자신의 시에 빠져드는 느낌
이었다.

친구의 시를 낭송해준 아이들에게 두 번째 상품을 주었
다. 비표가 새겨진 시를 주웠다는 이유로 상품을 받았으니
그 아이들은 행운을 안았다는 기쁨을 만끽하고 있었다.

세 번째 선물은 시를 잘 써서 자신의 시가 낭독된 학생
7명 모두에게 주어졌다. 시를 잘 썼든지, 잘 쓴 친구의 시
를 주웠든지, 종이비행기를 멀리 날릴 수 있었든지 누구나
작지만 선물을 받을 기회가 주어진다는 재미를 느끼게 하
면서 아이들의 감성과 생각을 자극하려 했던 게임이었다.

이어서 조별로 점수를 매기는 제기차기가 이어졌다. 우
리의 전통놀이지만 아이들은 제기를 잘 차지 못했다. 그리
고 풍선게임과 갖가지 옵션이 주어지는 반전의 야외 윷놀
이로 이어졌다. 윷놀이에서는 반전에 반전이 거듭된 놀이였
다. 반전으로 아쉽게 진 서희조는 아쉬움을 떨쳐버리지 못
하고 한 번 더 하자고 제의했다. 학생용으로 명명된 윷놀
이판에는 반전의 룰이 곳곳에 숨겨져 있었기 때문에 아이
들은 한시도 긴장감을 놓지 못하고 윷놀이에 몰입했다.

재미있게 놀이에 참여했던 민영이가 나에게 오더니

"선생님, 준비 많이 하셨네요."

라고 나지막하게 속삭였다. 받을 줄만 알았던 아이의 입에서 나온 이 말은 나의 역할을 더욱 크게 깨우쳐주었다. 그리고 나의 마음을 채워주는 기쁨으로 고마움으로 다가왔다. 아이들은 느끼고 있었다. 느낌을 갖지 못하는 아이들이 아니었다. 민영이가 느끼고 나에게 들려준 '준비 많이 하셨네요' 한마디는 최고의 선물이었다.

예상을 뛰어넘은 민영이의 말은 오늘의 결실 같기도 했다. 아이들은 솔직했다. 내가 베푼 만큼 메아리로 되돌려 줄 줄도 아는 울림이 있었다. 민영이의 말에서 나는 나의 역할을 다시 한 번 확인하게 되었다. 아이들도 나에게 끊임없이 주고 있었다. 사람과 사람 사이에서 느끼는 행복이 가장 값지다는 생각을 하면서 하루를 보낼 수 있었다.

III.

# 방과 후 행복 수업

나의 행복한 시간

# 백정만도 못한 놈?

닭의 배를 가르며

> 백정은 남에게 베푸는 사람이었지,
> 적어도 누군가를 착취하던 사람은 아니었다.
> 오히려 인정머리가 있는 사람이었다.

　난생처음 닭을 내 손으로 잡을 기회가 처갓집에서 생겼다. 장모님이 돌아가시고 장인어른은 소를 돌볼 여유가 없었다. 그래서 고심 끝에 10여 마리의 소를 모두 처분하기로 했다. 외양간은 순식간에 텅 비었고, 소들이 떠나간 널 따란 외양간의 쓸쓸함은 장모님의 부재를 더욱 크게 느끼게 했다. 그래서인지 장인은 병아리를 갓 벗어난 20마리의 닭을 사다 외양간의 빈 공간에 풀어 놓으셨다. 쓸쓸함을 지우고자 하신 것 같았다.

　닭들은 외양간에 둥지를 틀고 밭과 뒷산을 자유롭게 쏘

다니며 하루해를 보냈다. 마실 나가는 재미에 빠져서 집에 붙어 있질 못하는 사람처럼 아침에 외양간을 나선 닭들은 좀처럼 돌아올 줄을 모른다. 해질녘이 다 되어서야 하나둘씩 제 집을 찾기 시작한다. 키워본 사람은 알겠지만 닭은 특별한 수고를 들이지 않아도 잘 자라는 가축이다. 스스로 바쁘게 발품을 팔아서 벌레도 잡아먹고, 무엇이 있는지 부리로 수없이 땅을 쪼아대고, 발길질로 땅을 헤집고 먹이를 찾는다. 방어 능력이 전혀 없는 지렁이는 닭이 좋아하는 먹이 중에 하나다.

뜨거운 한낮에는 닭들도 시원한 나무 그릇을 찾아 서로를 의지하며 휴식을 취한다. 검정색으로 온 몸을 감싸고 있는 두 마리 닭은 유난히 사이가 좋아 보인다. 잠잘 때도 몸을 맞대고 잔다. 마실 나갈 때도 앞서거니 뒤서거니 함께 다닌다. 아무리 금슬이 좋은 부부라도 닭들의 금슬에는 미치지 못할 것 같다.

20마리를 사왔는데 한 마리가 며칠 사이 보이질 않는다. 다른 짐승의 공격을 받았는지, 부상당한 채 어디서 도움을 청하고 있는지 주위를 살펴보았지만 알 길이 없다. 아쉬워하시는 장인의 마음이 전해질 뿐이다. 닭들은 3개월이 지나자 식탁에 올려도 될 만큼 제법 살이 올랐다.

장인은 돌아가신 장모님이 자주 끓여 주었던 닭국의 맛을 잊지 못하고 계셨다. 아내는 아버님이 원하는 그 맛이 무엇인지를 알아차렸다. 장모님 생전에 처갓집에 가면 음식은 항상 준비되어 있었다. 마당에서 놀던 닭도 먹음직스럽게 밥상에 올라와 있었다. 누구의 수고로 맛있는 닭을 먹었는지 그때 나는 헤아리지 못했다.

그런데 이제는 장모님의 따뜻한 정만이 절절히 느껴지고 제대로 해드리지 못한 뒤늦은 아쉬움만 마음을 무겁게 짓누른다. 살아 계실 때 잘해드리는 것이 가장 현명한 사람임을 알았다. 어리석은 후회를 두 번은 하지 말라는 교훈과 더불어 장모님은 먼 곳으로 떠나셨다.

"사위, 닭 잡을 줄 아나?"

장인의 말씀이었다.

"잡을 수 있을 것 같습니다."

어릴 때 보았던, 동네 아저씨들의 닭 잡는 장면이 떠올랐다. 그리고 닭 가게에서 닭을 다듬는 광경을 본 것이 전부였다. 직접 잡아본 경험은 없었다. 하지만 장인의 말뜻을 알아차렸기에 닭 정도는 잡을 수 있다는 무모한 자신감이 생겼다. 장인에게 뭔가 내 손으로 해드리고 싶은 마

음도 있었다.

장갑을 끼고 곧바로 닭이 있는 곳으로 향했다. 닭을 붙잡는 일부터 난감했다. 날개를 힘차게 푸드덕거리며 달아나는 닭을 움켜잡을 용기부터 내야 했다. 닭들을 귀퉁이로 몰았다. 눈을 질끔 감으면서 닭을 낚아챘다. 닭은 손쉽게 나의 손에 걸려들었다. 날개를 붙잡자 닭은 의외로 온순해졌다. 반항도 하지 않았다.

이제 두 마리나 되는 닭의 목숨줄을 끊어야 했다. 산 생명을 도살하기란 쉬운 일이 결코 아니었다. 한순간 번뇌가 일었다. 하지만 선택의 여지가 없었다. 나는 어릴 때 보아왔던 방식대로 닭의 목을 비틀었다. 고통을 덜 주고 싶었던 마음에 가능한 한 힘껏 비틀었다. 한참이 지나자 닭은 푸르르 떨며 고개를 떨구었다. 독재 정권 시절 민주화를 외치며 '닭의 모가지를 비틀어도 새벽은 온다'고 외쳤던 야당 지도자의 말이 떠올랐다. 무한 권력 앞에서 민초들의 존재가 얼마나 나약한지 닭을 보면서 읽혀졌다.

뜨거운 물을 이용하자 닭털은 쉽게 벗겨졌다. 이제는 배를 갈라야 하는 또 다른 난제에 부닥쳤다. 뱃속이 어떤지에 대한 정보는 빈약하다.

칼로 배를 가르려 했지만 닭은 생선처럼 쉽게 배를 가를 수 있는 동물이 아니었다. 칼이 뼈에 부딪쳤다. 가슴뼈는 강하지 않았기에 기술이 아닌 힘으로, 억지로 뼈를 갈랐다. 순간 내장이 모두 드러났다. 내장을 제거하기도 쉽지 않았다. 강력 접착제로 붙인 것처럼 잘 떨어지지 않았다. 기술이 필요한 일이었지 초보자가 함부로 흉내 낼 수 있는 단순한 과정은 아니었다. 하지만 닭 잡는 기술보다 나의 마음을 무겁게 짓누르고 있는 것은 내가 생명을 가진 가축을 도살하고 있다는 죄책감이었다.

조선 시대 백정의 마음이 이러했을까? 그리고 장자가 그토록 찬미했던 '포정해우(庖丁解牛)'에서 백정이었던 포정의 기술이 나에게도 경의롭게 다가왔다. 생명체를 도살하고 있다는 불편한 나의 속내와 내장을 발라내지 못하고 헤매는 기술적 결함이 함께 밀려왔기 때문이었다.

'포정해우'는 소를 잡는 포정이라는 백정의 칼 솜씨가 신기에 가까운 모습을 보이자 이를 보던 문혜군이 크게 감탄하여 포정과 대화를 하면서 비롯된 말이다. 『장자』「양생주편」에 도의 경지에 이른 백정 '포정'의 신비로운 도살 기술이 묘사되어 있다. 포정은 급소를 잘 찾아내 뼈와 살 사이를 파고들었다. 그러니 칼이 뼈와 살에 부딪칠 일이 없었다. 그러니 칼날은 항상 숫돌에 방금 간 것과 같았다. 사물의 가장 중요한 것을 잘 찾아내는 긍경(肯綮)이 도라고 생각하고 있었다.

우리는 누군가를 몹시 비난할 때 '백정만도 못한 것들'이라는 말을 쓰곤 한다. 하지만 나는 '백정'이라는 단어가 몹시 거슬린다. 백정이 어쨌기에 비난의 강도를 최고조로 높이고 싶을 때 '백정만도 못하다는 말'을 쓰는 걸까? 옛날에 백정은 가장 힘없는 민초였다. 영양소가 부족하던 시절에 백정은 단백질을 공급해준 착한 식품 공급업자였다. 양반들은 백정을 사람 축에도 끼지 못하는 천한 사람으로 취급하면서도 천한 그들이 잡아준 고기를 맛있게 먹었다. 그러면서도 그들의 노동에 대해 고마워하는 마음은 부족했다. 모순이었다. 고정관념의 틀에 갇혀 있었기 때문에 생겨나는 사고였다.

조선은 500년 간 성리학의 울타리에서 몇 발자국도 벗어나지 못했다. 한민족의 문화적인 융성에도 불구하고 다름에 대한 배려의 문화는 500년 간 흔들리지 않았다. 백정은 양인이면서 노예와 같은 천한 직종이었다. 일반 백성들과도 같이 살 수 없는 존재였다.

성리학적 예의 문화와 백정의 실용적 기술을 인정하는 배려의 문화가 접목되었다면 조선은 닫힌 굴레에서 벗어날 수 있었다. 반도체며 첨단산업의 초고속 발전 속도를 보면 우리 민족의 우수성은 이미 입증되었다. 환경만 받쳐주면 무엇이든 빨리, 척척 해내는 민족이다.

닫힌 조선 사회를 바꿔보려 했던 북학파의 영수 박지원은 하층민의 삶에 주목했다. 하지만 그는 성리학적 도를 취해야만 학문으로 인정받던 시대에 이단아가 되었다. 자신의 글이 잘못되었다고 정조에게 반성문을 제출해야 하는 상황에도 처했다.

그러나 박지원은 하층민의 인정머리가 더 인간적임을 내세웠다. 박지원은 조선 사회에서 양반들의 세태를 꼬집고 인간관계에서 훌륭한 인품과 신의를 오히려 하층민의 모습에서 발견하고 있다. 인간애의 본질은 신분에서 나오는 것이 아니라는 앞선 생각을 했다. 그래서 박지원의 작품에는 농부, 행랑채의 하인, 돼지치기, 수박 파는 사람, 거지, 똥 푸는 사람, 말을 파는 사람(말 거간꾼), 과부 등이 친구처럼 등장한다.

『마장전』에서는 양반들보다 말 거간꾼(말 판매를 중개하는 이)의 진솔한 우정을 이야기하고 있으며, 『광문자전』에서도 양반들도 제대로 실천하지 못하는 공자, 맹자의 도리를 광문이라는 거지가 더 훌륭하게 실천하고 있음을 말하고 있다.

닭의 배를 가르면서 여러 생각들이 머릿속을 빠르게 교차했다. 생명을 도살하는 죄책감에서 빨리 벗어나고 싶었다. 백정의 삶은 천한 것이 아니었다. 고기를 먹고 싶은 사람을 위한 일이었다. 그러자 생명체를 도살한다는 번뇌로부터 조금은 벗어날 수 있었다. 체질적으로 육식을 피하지 않는 한 대부분의 사람들은 고기를 좋아한다. 그렇다면 누군가는 어쩔 수 없이 도살을 하여야 한다. 백정은 남에게 베푸는 사람이었지, 적어도 누군가를 착취하던 사람은 아니었다. 오히려 인정머리가 있는 사람이었다.

닭을 해부하면서 뼈는 조금도 건드리지 않고 뼈와 살 사이의 작은 틈새를 오가며 고기를 도려내는 백정, 포정의 기술이 얼마나 신비했을지가 느껴졌다. 포정의 모습을 예술의 경지로 표현한 장자의 안목이 인간적이었다.

백정도 전문성을 갖춘 기술직이었다. 19년 간 도살을 하면서도 한 번도 칼을 갈지 않았다는 포정의 신기에 가까운 기술은 그냥 터득된 것이 아니었을 것이다. 닭을 잡고 있는 지금, 나에게는 포정의 기술이 절실하다. 포정이 아니더라도 아무라도 붙잡고 닭 잡는 기술을 전수받아야 할 상황이다. 외양간에는 아직도 17마리의 닭이 남아 있기 때문이다.

아내는 내가 어설프게 잡은 닭 두 마리에 약초를 넣고 푹 끓였다. 다 익은 닭고기의 뼈를 발라내고 살코기에 국물과 찹쌀을 넣고 한 번 더 끓였다. 부드럽게 혀를 자극하는, 약초 향이 그윽하게 밴 닭국의 맛을 장인이 왜 그토록 그리워했는지 알 수 있었다. 장모님에 대한 그리움이었다.

장모님이 떠오르는 장소는 집안 곳곳에 있었다. 장독대는 장모님의 모든 것이 녹아 있는 곳이다. 장독대를 바라보면 장모님의 체취가 느껴진다. 장독대를 수없이 드나드셨던 모습이 떠오르기 때문이다. 그 깊은 장맛을 낼 사람은 이제 곁에 없다. 고추장 항아리도 이미 텅 비어 있었다. 장모님의 체취를 이어갈 수 있는 방법은 무엇일까?

다산 정약용은 유배지에서 자식들에게 보낸 편지에서 '너희들이 아버지의 글을 읽는 것이 나의 목숨을 살리는 일'이라고 말했다. 정약용의 뛰어난 지식과 재능에 정조는 감복하였다. 하지만 정조가 죽자마자 노론 일파는 정약용을 정적으로 보고 권력을 독점하기 위해 그를 끌어내렸다.

결국 정약용은 천주교도라는 누명을 쓰고 죄인의 몸이 되었다. 새로운 사상과 생각을 죄악시하던 시대의 아픔이었다. 그래서 정약용의 뛰어난 앞선 생각은 세상에서 빛을 발할 수 없었다. 안타까운 우리 역사였다. 어느 누구도 죄인의 글을 읽어주지 않았다. 그런데 아들조차 아버지의 글을 읽어주지 않는다면 자신의 글은 정말 쓸모없는 것이 될 수 있었다. 다산은 이를 탄식하면서 사랑하는 자녀들이라도 자신의 글을 읽어주기를 바라는 편지를 보냈다. 다산의 절박함이 묻어난다.

정약용의 자식들이 아버지의 글을 읽는 것이 아버지의 목숨을 살리는 것이라면 내가 장모님을 다시 살리는 길은 무엇일까. 아무런 유언 하나 남기지 못하고 갑작스럽게 떠나버린 장모님의 뒤안길을 살펴보는 일이었다. 오늘의 닭국이 그 시작이 될 수 있을 것 같았다.

장모님 산소를 자주 찾아뵙는 것보다 중요한 일은 비어 있는 장독을 따뜻하게 채워가는 것이고, 장모님의 푸근한 손길이 미쳤던 것들을 찾아내는 일이었다. 그것은 가족들과 함께하는 일이었고, 그 끝은 웃음을 잃지 않고 살아가는 장인어른의 모습을 보는 일이다. 생각이 정리되자 닭의 모가지를 비틀었던 마음이 가벼워졌다.

# 치약 전쟁

꼼꼼함에 대하여

칼은 어떻게 사용하느냐에 따라
이기가 될 수도 있고,
흉기가 될 수도 있는 도구다.

어둠이 서서히 밀려오고 있었지만 느끼지 못했다. 문득
창문 밖을 쳐다보고서야 가까운 사물조차 분간이 어려운
밤이 되었음을 알게 되었다. 낮에 재잘거렸던 아이들과 환
하게 소통했던 공간이었다. 화려함 뒤에 오는 외로움이 더
크듯이 어둠이 내려앉은 교무실의 고요함과 적막함은 크게
느껴졌다. 나의 몰입을 방해하는 것은 아무것도 없었다.
이것이 늦게까지 학교에 자주 남는 이유이기도 하다.

밤이 되면 낮에 있었던 일들이 주마등처럼 스쳐지나간
다. 아침 이슬처럼 사라질 수도 있었던 귀한 사연들이 다

시금 되새겨지는 시간이다. 기억해주지 않으면 아름다운 인연도 이슬처럼 사라져 버린다. 다시 기억할 때 나의 부족한 처신도 함께 느껴진다. 이 시간이 아니었으면 사라질 사연들이 다시 조명을 받게 되어 다행스럽다는 안도감을 느낄 때는 행복으로 다가오기도 한다.

내일 밝은 해가 떠오르면 부정으로 바라보았던 민제의 잘못을 긍정으로 치유해보자. 민제의 잘못은 그럴 만한 이유가 있었다. 하지만 나는 오늘 이유보다는 결과에 주목했다. 이유를 알고 쓰다듬어줄 때 민제는 마음으로부터 반성할 것이란 생각이 들었다.

태민이가 요즈음 의기소침해 보인다. 무슨 이유가 있을 것이다. 지난번에 질문을 잘했는데 칭찬을 통해서 기분을 바꿔줘야겠다. 어쩌면 의기소침한 이유도 알아낼 수도 있을 것이다.

밝고 깍듯하게 인사하는 모습이 보기 좋은 선호에게도 말을 붙여야겠다. 어머니가 병원에 입원했다고 들었는데 함께 살펴봐야겠다.

교실 청소를 마무리하고 청소함까지 깔끔하게 정리한 해진이를 그냥 지나쳤다. 긍정적 정서로 넘쳐나는 해진이다. 칭찬을 하면 볼까지 붉어지며 밝은 미소가 예쁜 아이다.

맑고 예쁜 마음이 이어지도록 격려를 해주어야겠다.

오늘 지각한 민혜의 사정을 들어봐야겠다. 그동안 지각이 없었는데 무슨 일이 있나 싶다. 오늘은 아이들에게 신경 쓸 틈도 없이 바쁘게 지나가 버린 하루였다. 이 시간이 아니었다면 묻혀 버렸을 일들이 고맙게 되새겨지는 시간이다. 뒤를 돌아보니 소중한 일들이 있었음을 알게 해주고 있었다. 휙휙 지나가버린 오늘의 풍경들을 다시 그릴 수 있는 시간이 되어주었다.

창문을 타고 들어온 바람이 부드럽게 볼을 스치고 지나갔다. 오늘따라 더 시원하게 느껴진다.

시곗바늘이 밤 9시를 가리키고 있다. 낮에 바빴던 만큼 할 일이 더 많았다. 하지만 더 이상은 무리하지 말라며 귀가 시간을 알려주는 9시였다. 무리하지 말고 순리를 따라야 한다는 생각은 아버지께서 돌아가신 후 다짐하였다. 모든 화가 욕심에서 비롯되는데 그것은 어느 누구도 예외가 없다. 화는 순리를 거역하는 자를 비켜가지 않았기 때문이다. 하던 일을 접었다.

문단속을 하고 야경 아저씨에게 퇴실을 알렸다. 교문을 늦게 나서는 날이면 아저씨에게 미안하다. 신경을 덜 쓰시도록 문단속과 소등을 잘하는 것이 미안함을 조금이나마

대신하는 길이었다.

현관문까지 잠그고 막 나오다가 야경 아저씨와 마주쳤다. 늦게 가는 나에게 아저씨는 항상 웃음을 잃지 않고 대해주셨다. 오랜 세월 겹겹이 쌓아온 깊은 후덕함이 느껴지는 웃음이었다. 그런데 오늘은 아저씨가 웃으시면서 한마디 던지셨다.

"선생님은 참 꼼꼼하세요."

내가 늦게 퇴근하면서 미안한 마음을 갖고 있는 것을 아시는지. 이어서 하시는 말은

"선생님은 정확하시니까 걱정을 안 해요."

한두 번은 비슷하게 들었던 말이다. 그러면서 하시는 말은 나의 발걸음을 잠시 멈추게 했다.

"이렇게 꼼꼼하시면 사모님이 싫어하지는 않나요."

이 말이 들려오는 순간 생각까지 잠시 정지되었다. 멈춰진 발걸음과 생각이 풀리면서

'왜 꼼꼼하면 아내가 싫어할 수 있다고 생각하시지?'

'어떤 답변을 해드려야 하나?'

여러 생각들이 빠르게 교차되었다.

세상일에는 양면성이 존재한다. 꼼꼼함이란 말도 마찬가지라는 생각이 들었다. 긍정적으로 또는 부정적으로 투영

될 수 있는 말이었다. 꼼꼼한 사람은 꼼꼼하지 못한 사람에 비해 꼼꼼함을 무기로 상대를 더 세심하고 편안하게 배려해줄 수 있다. 반면에 꼼꼼하기 때문에 자신의 기대 수준에 맞추어 상대를 간섭하고 불편하게 만들 수도 있다는 생각이 들었다. 아저씨는 꼼꼼함에 대한 어떤 기준을 갖고 계실까? 다시 물어보지는 못했다.

칼은 어떻게 사용하느냐에 따라 이기가 될 수도 있고, 흉기가 될 수도 있는 도구다. 무더운 여름날 냉장고에서 갓 꺼낸 시원한 수박 한 통이 슈퍼에서 배달되었다. 삼복더위에 운동을 마친 동호회 회원들이 수박의 속살을 재촉한다. 타는 듯한 갈증을 풀어줄 오아시스 같은 음식을 다 같이 반기고 있었다. 그런데 그동안 늘 사용하던 칼이 보이지 않았다.

수박을 보고 있자니 목마름만 더 심해졌다. 하지만 얄밉게도 칼은 좀처럼 나타나주지 않았다. 별 수 없이 성질 급한 회원이 주먹으로 수박을 내리쳤다. 잘 익은 수박은 볼품없이 쪼개졌다. 숟가락을 이용하고, 손으로 요령껏 쪼개어 회원들은 갈증을 풀기 시작했다. 칼의 존재감이 확연하게 느껴지는 순간이었다.

요리를 할 때도 칼이 없다면 많은 일들이 가능하지 않거나 힘들어진다. 그런 칼이 흉기로 둔갑한다면 끔찍한 일이 벌어진다. 쓰임새에 따라 결과는 천양지차가 된다. 부정과 긍정은 공존한다. 하지만 행복은 긍정에서 깃들게 된다. 긍정의 생각을 많이 하는 사람이 행복을 더 차지하는 것은 선함이 가져온 결과 같기도 하다.

내가 꼼꼼하다고 상대에게 꼼꼼함을 요구하는 것은 흉기로 사용한 칼과 같은 것이다. 꼼꼼해서 편안한 사람도 있지만 털털해서 행복한 사람도 있다. 하지만 털털함도 꼼꼼함도 관계에서는 이기(利器)로 사용되어야 한다는 생각이 들었다.

치약을 짤 때 한가운데서 시작하는 사람도 있고, 맨 밑에서부터 밀어 올리는 사람도 있다. 갓 결혼한 신혼부부가 내 방식이 맞네, 네 방식이 맞네 하고 첫 부부싸움을 하는 단골 메뉴가 치약 짜는 방법이라고 들었다. 강요할 일은 아니다. 대화가 필요한 일이지 싸워야 할 정도의 일도 아니다. 상대에게 피해를 주는 일도 아니다. 싸우고 심한 갈등으로 번진 것은 나의 패턴을 상대에게 강요한 결과다.

치약은 가운데부터 짤 수도 있고 맨 밑에서부터 짤 수도 있다. 맨 밑에서 짜기 시작하는 사람은 가운데 함몰된 부분을 밀어 넣어 복구하는 것을 재미라고 생각하면 즐거운 일이다. 상대가 동의해준다면 좋겠지만 그렇지 않다면 그냥 인정해주고 사는 것이 짜증스러운 기분을 즐거운 마음으로 둔갑시키는 일이었다. 치약 짜기를 둘러싼 다툼은 실제로 우리 집에서도 일어난 일이었다. 나의 틀에서 사유했기 때문에 스트레스로 나 자신을 가두는 이중고를 겪게 되었던 일이었다.

꼼꼼함은 이기로 사용할 일이지 흉기로 사용할 일이 아니라는 것은 믿음처럼 얻게 된 교훈이었다. 꼼꼼함은 남이 미처 생각하지 못하는 일을 챙겨주고 상대에게 즐거움을 주는 이기로서의 역할을 한다. 꼼꼼함은 실수를 줄여주고 손실도 최소화시켜 주는 이기다. 꼼꼼함의 진정성은 상대를 편하게 해줄 수 있는 에너지원이다. 싸우기를 원하는 사람은 없다. 싸워서 즐거운 사람도 없다. 상대를 배려하는 꼼꼼한 사람에게 싸움을 거는 사람도 없다.

"아저씨 말을 듣고 보니 꼼꼼해서 제 아내가 혹시 불편하지 않았나 생각해봐야겠네요."

아저씨와 인사를 나누고 현관문을 벗어났다. 넓은 운동장에서 불어오는 조금은 거센 바람이 오히려 시원하게 느껴졌다. 잠시 혼란스러웠던 생각은 바람을 타고 날아가고 상쾌함으로 머리가 채워졌다.

꼼꼼함과 자상함의 뿌리는 같지 않을까? 그런데 꼼꼼함은 부정으로 자상함은 긍정으로 더 비치는 이유를 오늘에야 다시 생각하게 되었다. 꼼꼼함은 자상한 배려라는 연출 속에서 빛을 발했다. 내가 그 역할을 잘하는 배우인지는 내 가족과 이웃들이 잘 알고 있을 것이다.

# 사람은 무엇으로 사는가?

기다림과 행복에 대하여

시간이 없어서
책을 읽을 수 없다고 하는 사람은
설령 시간이 있어도
책을 읽을 사람이 아니다.

하루가 짧게 느껴지는 바쁜 삶에서 뒤를 돌아볼 여유가 없음을 탄식하였다. 그러니 하루를 쫓다가 하루를 마감하며 살고 있었다. 시간적 여유가 없어서라는 핑계를 댔다. 시간이 문제지 내 탓이 아니라는 관념이었다. 여유가 없으니 상대를 배려하는 것도 인색했다. 나만 바쁜 것처럼 서두르고 상대를 보챘다. 나만 생각했지 상대의 다름은 생각하지 않았다. 경직된 사고의 틀이었다. 사고의 틀이 유연했다면 갈등은 줄이고 행복은 키울 수 있다는 생각은 우연히 찾아들었다.

'시간이 없어서 책을 읽을 수 없다고 하는 사람은 설령 시간이 있어도 책을 읽을 사람이 아니다'라는 『회남자』의 문구를 접하고서였다. 하루를 돌아볼 시간이 없는 것이 아니라 돌아볼 시간을 내지 않는 것이었다. 회상할 시간을 내는 것이 여유를 찾는 것이었다. 나의 잘잘못이 무엇인지도 회상을 할 때 느껴지는 것이었다. 나의 습관은 패턴으로 굳어져 관성처럼 움직였으니 똑같은 하루하루의 반복이었다. 가족에게서까지 간간이 일침을 맞았던 것도 이 때문이었다.

나쁜 습관이 고집스럽게 길러지면 상대에게 피해를 주기도 하지만 바이러스가 변이를 일으키면 약도 없듯이 고치기도 어렵다는 것을 알았다. 시간이 흐르면서 고집은 어느새 나만의 편한 옷이 되었다. 고치라는 아내의 조언이 내 귀에는 편한 옷을 벗으라는 말로 들렸다. 다툼도 여기서 시작되었다.

다툼은 아내에게 상처를 주었고 나 또한 스트레스에서 벗어나지 못했다. 스트레스는 여러모로 나 자신을 멍들게 했다. 행복해지려면 다툼을 만들지 말고 살아야 하지만 갈등을 줄여나가는 일은 험난한 길처럼 생각되었다.

아내와 나는 외출할 때부터 달랐다. 나는 빠르게 준비

를 끝냈다. 아내는 한창 준비 중이다. 의상과 화장에서 남자보다 챙겨야 할 가짓수가 많다보니 시간이 많이 걸린다는 사실은 염두에 두지 않았다. 차이를 인정하기보다는 내가 기다려주고 있다는 베풂으로 생각했다. 그러니 어느 때는 스스로 인내의 시험대에서 시달리고 있었다. 의당 부정적인 싹이 자랄 수밖에 없는 구조를 만들어 가고 있었다.

약속 시간이 촉박한 경우, 인내심은 자칫 비등점에 이르기도 했다. 평상심도 흔들리고 있었다. 외출을 앞두고 화창했던 마음은 갑자기 흐림으로 바뀌고 어떤 때는 먹구름까지 몰려오는 경우도 왕왕 있어 왔다. 한순간 냉각된 기분은 수습할 묘책을 당장 찾기도 어렵게 만들었다.

상처받은 기분은 마음을 달리 먹는다고 쉽게 달라질 수있는 성질이 아니었다. 원상회복이 쉽지 않았다. 골이 깊어졌으니 화해를 해도 화근은 남기 마련이었다. 기다림에 인색하여 불필요한 화를 생성하고 치유하느라 마음고생을해왔다. 다툼으로 인한 손실은 만만치 않았고 부부가 감내해야 할 비용도 컸다.

후회를 했지만 후회는 해결책이 아니었다. 사람마다 차이가 있었고, 여자와 남자는 더 큰 차이가 있을 수 있다는 단순한 것조차 포착하지 못한 인재였다. 조금만 생각을 바꾸었다면 피해 갈 수 있었던 일이었다.

화장을 하는 것은 예쁘게 보이고 싶은 본능일 것이고 함께 외출할 남편에 대한 배려였을 것이다. 다른 프레임으로 보았다면 내가 인내심을 베푼 것이 아니라 아내에 대한 관심이 되었을 것이다. 스트레스를 잘 견디는 사람은 없을 것이다. 관점을 바꾸어 아내를 보면 스트레스를 버릴 수 있으니 결국 나를 위한 것이고, 덤으로 평화까지 유지할 수 있었다. 관점을 바꾸지 않았을 때는 하나도 얻지 못했고, 오히려 스트레스만 늘리는 일이 되었다.

가족이기에 사랑하는 사람이기에 기다림의 행복이 얼마나 즐거운 일인지 마음을 바꾸고 알았다. 결국 기다려주는 것은 나와 가족의 행복을 위하는 것이었다. 행복도 작은 배려에서 만들어 가는 평범한 이치였다.

나는 눈에 잘 띄는 곳에 책 한 권과 잡지를 두고 틈틈이 읽는다. 휴대폰 주소록을 뒤져보는 것도 기다릴 때 곧잘 하는 일이다. 까맣게 잊고 지냈던 사람이었지만 휴대폰 주소록에는 남아 있었다. 안부를 전할 수 있는 뜻밖의 기회를 얻게 되는 것이다. 오랜만에 건넨 안부 전화 한 통이 뜻밖이었는지 지인은 나보다 더 반가운 목소리였다. 정겨운 소통으로 얻은 즐거움이었다. 기다리면서 여유를 얻었고, 여유가 있었기에 얻을 수 있는 기쁨이었다. 무언가에 집중하는 기다림이 오히려 나에게 유익한 시간이 되어 주었다. 외출 준비를 마친 아내가 오히려 나를 재촉하고 나섰다. 역전이었다.

'인생의 성공을 원한다면 인내심을 소중한 친구로 삼으라'고 했던 에디슨의 말과 '성공의 절반은 인내심'이라는 말이 소중한 가치로 떠올랐다. 나도 태어날 때부터 인내심을 갖고 있지는 않았다. 마음을 달리 먹고 인내심을 키워나갔고, 기다리는 방법을 찾음으로써 화를 잠재울 수 있었다.

옷을 사기 위해 시장에 들렀다. 여자 옷은 남자 옷에 비해 종류도 많고 디자인과 색상도 각양각색이다. 그러니 선택의 고민도 많았고 시간도 많이 걸리는 일이었다. 아내와 딸아이는 섬세하다 보니 선택의 시간이 더 길어졌다.

처음에는 따라다니기 바빴다. 하지만 나와는 다르다는 것을 알게 되면서 관심이라는 여유가 생겼다. 항상 생각하는 것이지만 세상에는 공짜가 없다. 모든 것은 노력이 있어야 했다. 먹고 사는 노력은 열심히 했지만 행복해지기 위한 노력에는 인색했다는 자책이 들었다. 행복해지려고 사는 것이지 먹고 살기 위해서 사는 것이 아니었다. 남을 위한 봉사를 하루 종일 하면서 즐거워하는 사람들도 참 많다.

그런데 어쩌다 몇 시간 가족을 위한 배려에 인색했던 과거의 내 모습이 물가에 일그러진 채 비춰지고 있었다.

나의 패션 감각은 좀 고리타분하다. 그래서 딸아이는 좀처럼 나에게 조언을 구하지 않는다. 그런데 이제는 간혹 딸아이가 어울리는지 봐달라고 할 때가 있다. 행복은 가까운 데 있었다. 이제는 피곤하다는 엄마를 조르지 않고 나하고 둘이서만 쇼핑하는 일도 생겼다. 한두 시간 따라다니며 조언을 하다 보면 의자가 눈에 확 들어올 때가 있다. 앉아서 보는 눈높이는 또 다른 마음으로 다가왔다. 하루 종일 서서 일하는 직원들이 보였다. 조금 서 있었다고 앉고 싶은데 직원들의 고단함이 어떨지 느껴졌다. 기다림에서 행복을 배웠고 앉게 되면서 이웃의 고단함을 어렴풋이 느꼈다.

# 쓰레기통, 또 하나의 세상

경험만큼 소중한 교훈은 없다

> 쓰레기통은 나의 또 다른 얼굴이었다.
> 쓰레기통에서 피어난
> 나의 얼굴을 보는 것 같았다.
> 그런데 그동안 누군가가
> 불평도 하지 않고 나의 얼굴을
> 깨끗하게 닦아주었다.

지난 번 김장을 한 뒤에 아끼던 과일칼이 사라졌다. 아무리 뒤져도 종적이 묘연했다. 김장 쓰레기에 휩쓸려갔을 것이란 생각이 들었다. 아직은 사랑받아야 할 멀쩡한 칼, 손에도 익었고 마음먹고 산 것이라 소중히 여겼던 칼이었다. 주인의 손을 떠나 지금쯤 어느 낯선 쓰레기 늪에 잠들어 있을 게다. 아쉬운 마음을 애써 달래야 했다.

그런데 오늘은 쓰레기통까지 엎을 일이 생겼다. 잘못 구입한 물건을 반품해야 했는데 그 단서를 찾아야 했던 것이다. 쓰레기통을 뒤집자 널브러진 쓰레기들 가운데 영수증

한 장이 발견되었다. 쓰레기통을 자주 비우지 않은 탓에 영수증은 찾았지만 오물까지 닦아내야 했다. 집안 재고 물품조차 파악하지 못하고 물건을 구입한 경솔함에 대한 업보였다. 쓰레기통에는 영수증뿐만 아니라 10여 일간 가족의 생활 모습이 고스란히 담겨 있었다. 배달 피자 영수증, 인터넷으로 구입한 물건 상표, 택배 용지 등 우리 집의 소비 패턴이 고스란히 투영되어 있었다.

그래서 경찰은 사건의 단서를 찾기 위해 쓰레기통을 뒤진다고 한다. 쓰레기더미를 삶의 터전으로 삼아 재활용품을 골라내는 사람도 있다. 쓰레기더미를 반기고, 뒤지는 일을 좋아하는 사람들은 또 있다. 역사의 흔적을 찾는 고고학자들이다. 문자가 없었던 선사 시대 생활사의 단서를 찾는 데 쓰레기더미는 최고의 보물 창고이기 때문이다. 내가 잃어버린 아끼던 칼처럼 선사 시대 누군가의 물건도 그랬을 것이다. 쓰레기더미 속에서 수천, 수만 년 동안 잠들어 있다가 필요로 하는 사람에게 안기어 다시 소중하게 태어난 문화재들이다.

쓰레기의 역사는 인류의 여명과 더불어 시작되었다. 양이 적어 자연적으로 치유가 가능했을 때는 문제가 되지 않았지만 양이 많아지면서 쓰레기는 지구를 더럽히고 있다. 어떤 생명체도 지구에서 자연의 섭리를 어기지 않는다. 만물의 영장이라는 인간만이 지구를 멍들게 한다. 인간은 지구에서 잠시 얹혀 살면서 너무 많은 욕심을 낸다. 욕망을 줄이는 것이야말로 지구와 갈등을 줄이고 지구를 편하게 해줄 수 있을 것이라는 생각이 든다.

도산 안창호 선생은 재미교포의 집을 방문하여 화장실 청소를 해주고 화단을 가꾸어주었다. 교육학을 공부하려 했던 도산의 참교육 실천이었다. 청소를 하는 것은 공동체 의무를 다하는 것이고 마음을 수양하는 좋은 수단이기도 하다.

우리 반 예린이는 청소를 참 예쁘게 하는 학생이다. 청소 시간이 되면 깨끗한 교실을 만드는 수호천사 같다. 주위를 살피며 요령을 피울 줄 아는 아이와는 다르다. 도산 안창호 선생의 교육 철학이 체화된 아이 같다.

학교 교무실에는 수십 명의 교사가 있고 모두 개인 쓰레기통을 가지고 있다. 교무실 청소 방법은 학교마다 다르지만 대부분 학생들이 도맡아 한다. 선생님들을 가까이 접하는 것이 싫지 않은지 열심히 하는 아이들의 모습은 예쁘게 비친다.

학생들이 청소를 해주다 보니 교사들은 자기 쓰레기통

을 자세히 들여다볼 틈이 없을 수 있다. 말끔히 비워진 쓰레기통을 보며 학생들을 칭찬해주고 학생들은 밝은 미소로 화답하는 것이 소통하는 일이다. 하지만 보이는 것이 전부가 아니었다. 교무실 청소를 하였던 어느 학생과 우연한 대화에서 다른 진실을 알게 되었다.

1년 동안 교무실 청소를 하면서 느낀 것을 글로 옮긴 어느 학생의 마음은 진한 울림으로 다가왔다. 그리고 나의 생각을 바꿔놓았다. 교무실 청소를 하면서 힘들다가도 선생님들의 칭찬 한마디에 기운이 난다고 생각하는 아이였다. 청소는 성실함이 요구되는 일이었다고 회상한 아이이기도 했다. 그리고 보람도 느꼈다고 생각하는 매우 긍정적인 학생이었다.

교무실 쓰레기통에 담긴 내용물은 크게 다르지 않았지만 선생님들마다 차이는 있다고 하였다. 쓰레기통 상태도 제각각이라고 했다. 그 학생이 표현한 글은 이러했다.

'상한 귤이 담겨 있어 난처하다.'

'쓰레기통을 비우자 작은 휴지 조각들이 펑펑 쏟아진다. 유난히 폐휴지가 많다.'

'쓰레기통이 너무 깨끗하고 쓰레기도 한두 개 밖에 없

을 때가 많다. 정말 깨끗하신 분 같다.'

'요구르트 병이 보인다. 유산균으로 건강을 지키시나 보다.'

'요구르트 병에서 남은 액체가 자주 흘러 나와 있어 쓰레기통이 지저분하다.'

'어느 선생님은 빈 음료수 통을 꼭 세워 놓으신다. 한결 깨끗하다.'

'기름종이가 눈에 띤다. 동안을 유지하시는 비결인가 보다.'

'행사가 있는 날이면 쓰레기가 넘친다. 재활용 분리가 안 된 채 이것저것 뒤섞여 있다.'

'스승의 날이 지나고 얼마 안 되어 시든 꽃바구니가 버려졌다. 정성이 담긴 선물이었을 텐데 금방 시들어 아쉽게 쓰레기통으로 들어갔다.'

'어, 쓰레기통이 없다! 어떻게 쓰레기를 처리하시지? 책상 위에 작은 쓰레기통을 두고 직접 해결하신다.'

'1년 동안 교무실 청소를 하다 보니 쓰레기통을 보면 어느 선생님 것인지도 식별이 가능해졌다.'

교무실을 청소하던 아이들의 이야기 속에는 세상이 담겨

있었고, 쓰레기통은 나의 또 다른 얼굴이었다. 쓰레기통에서 피어난 나의 얼굴을 보는 것 같았다. 그런데 그동안 누군가가 불평도 하지 않고 나의 얼굴을 깨끗하게 닦아주었다. 고마운 마음과 함께 부끄러운 마음이 들었다.

배려는 어느 곳에서나 존재했다. 쓰레기를 버릴 때는 고마운 사람들의 마음을 느껴야 했다. 더러운 쓰레기통보다 깨끗한 쓰레기통을 치울 때가 기분이 좋았다고 말한 아이의 말이 귓전에서 맴돌았다.

다음 해 우연히 우리 반이 교무실 청소를 담당하게 되었다. 교무실 청소에 필요한 인원은 6명이었다. 자청한 아이들을 중심으로 교무실 청소를 시켰다. 효과적인 방법을 찾지 못했기 때문이었다. 그런데 아이들에게 청소를 시킨 후 석 달쯤 지났을 때 마음의 동요가 일어났다. 작년에 나에게 메시지를 전해주었던 아이들이 떠올랐기 때문이었다.

교무실은 나의 공간이니 쓰레기는 내가 직접 처리하는 것이 맞을 수 있다는 생각이 들었다. 안창호 선생의 교육철학은 실천을 해야 하는 것이지, 이론으로 끝날 일이 아니었다. 체험이었다. 느껴보는 일이었다.

나는 우리 반 아이들의 교무실 청소를 중단시켰다. 대신 내가 청소를 해보겠다고 요청을 했다. 학생들도 나의 새로운 시도에 밝은 미소로 응대해 주었다.

혹시나 다른 교사들이 부담을 갖거나 곱지 않은 시선을 보내지 않을까 우려가 되었다. 그래서 동료 교사들이 퇴근한 늦은 저녁 시간이나 휴업일인 토요일에 청소를 했다. 청소는 긴 시간을 필요로 하지는 않았다. 30여 분이면 족했다. 학생들과 똑같은 체험이었다. 느낀 내용도 같아졌다. 쓰레기통은 같지만 내용과 모습은 각각 달랐다. 경험만큼 소중한 스승은 없다는 평범한 이치는 빗나가지 않았다.

이후 나는 쓰레기통을 나와 분리해서 생각하지 않게 되었다. 아이들도 마찬가지 생각을 했을 것이다.

# 마구간에 불났다

사람이 먼저라는 가치

공자의 마구간에 불이 났다.
퇴근해서 불이 났다는 말을 들은 공자는 물었다.
"사람이 다쳤느냐?"
그리고 말에 대해서는 묻지 않았다.

건강을 위해 자동차를 멀리하고 싶어도 편리성의 늪에서 벗어나지 못하고 있었던 상태에서 차를 버리고 친구를 만나니 홀가분한 기분을 알게 되었다. 버림으로써 채울 수 있는 역설이었다.

나의 최초의 운전은 '엑셀'이라는 차종에서 시작됐다. 지금도 이따금씩 생각나는 자동차다. 첫정이라서 그런가 싶다. 아무리 짧았어도 첫사랑의 여운은 가슴속에서 지워지는 않는 것과 같았다. 환하게 웃고 있는 도화지에 처음으로 두근거림과 설렘으로 그려낸 것이니 그림의 결과에 관계

없이 흔적은 선명하게 남게 되었다. 그래서인지 지금도 자동차, 하면 엑셀이 떠오른다.

엑셀은 집안의 대소사나 어떤 용무인지도 가리지 않고 머나먼 길을 질주해 주었다. 바퀴는 아스팔트며 진흙탕이며 비포장도로까지도 싫어하는 기색 없이 기꺼이 제 몸을 부딪치며 달려가 주었다. 임무를 무사히 마치고, 천릿길도 쉼 없이 달려준 자동차를 보면 고마운 마음이 들 때가 많았다. 애마와 다를 게 뭐 있겠는가! 주인을 위해 최선을 다한 자동차를 깨끗하게 닦아주는 것은 애마를 쓰다듬는 일과 같았다.

그런데 어느 날 7년 동안 정들었던 엑셀을 떠나보내야 했다. 피치 못할 사정으로 동생한테서 새 차나 다름없는 '레간자'를 건네받았다. IMF라는 파고를 동생도 넘어서지 못했다. 찻값 이상의 비용을 안겨주는 것이 그나마 내가 해줄 수 있는 일이었다.

그런데 다행히도 나의 엑셀은 멀리 떠나지 않고 처남 손에 맡겨졌다. 처남도 나와 같이 운전을 처음 시작하면서 엑셀과 인연을 맺게 된 것이다. 그런데 1년이 채 지나지 않아 비보가 전해졌다. 고속도로 상에서 가드레일을 들이받는 사고를 낸 것이다. 초보 운전자의 미숙함 때문이었다.

그런데 믿기지 않을 만큼 경미한 부상에 그쳤다. 천만다행이었다. 내가 넘겨준 차였는데 만약 중상, 아니 그 이상이었다면 생각만으로도 끔찍했다. 불행 중 다행이라는 말이 한없이 고마웠다. 처남의 액땜은 이렇게 경미하게 지나갔다. 그리고 엑셀은 폐차 판정을 받았다.

세 번째 선택한 차종은 현재 타고 있는 카니발이다. 버스 전용차선을 탈 수 있다는 점이 가장 큰 매력인 차다. 고속도로가 꽉 막혔다는 걱정에 혼자 사시는 장인을 찾아뵙는 것조차 망설여 왔는데 이제는 그럴 필요가 없어졌다. 아내와 나는 공주의 처가에 가고 싶으면 주저 없이 떠나게 되었다. 처제네 식구까지 동행해 주니 6명은 채우고도 남는다. 장인에 대한 효도는 정작 카니발이 대신해주는 것 같았다.

그런데 1년 정도 지나자 브레이크를 밟을 때 미세한 잡음이 났다. 작은 소리였지만 거슬렸다. 서비스센터에 가니 무상 수리가 가능하였다. 수리 후 말끔히 해결된 듯싶었다. 그런데 1년 후 같은 소리가 들렸다. 성능에는 지장 없다는 말을 지난번에 들었지만 미세한 소음은 편안한 마음으로 운전하고 싶은 나의 심기를 자꾸 건드렸다. 또 다시 서비스센터를 찾았다. 서비스센터 기사님은 별 것 아니라는 반응이었다. 이 정도 소리는 난다는 것이다.

분명 고객 중심의 답변은 아니었다. 그리고 1차 수리 때 또 이상이 있으면 수리를 해주겠다는 말을 분명 들었는데 이번에는 수리비를 요청하였다. 다른 부분도 아니고 자동차의 안전과 생명을 담보하는 부분인데 이런 소음을 들으면서 타라는 뉘앙스에 심기가 불편했다. 항의를 했다. 하지만 기사님을 통해서 해결될 일이 아닌 것 같았다. 사무실로 찾아가 자초지종을 이야기했지만 서비스 개선 의지가 있는 것이 아니라 나를 이해시키려는 노력이 더 강했다. 서비스 기간도 지났다는 것이다.

하지만 나의 생각은 달랐다. 이런 증상이 처음이라면 이해가 될 만도 하다. 그러나 1년 정도에서 결함이 나타나 수리를 했다는 것은 차량 자체의 결함이 있었던 것이 아니냐. 그래서 다시 소음을 일으키는 것이 아니냐고 항변하였다. 그때서야 무상 수리를 약속하고 수리에 들어갔다.

마음이 편치 않은 가운데 나는 수리하는 과정을 지켜보았다. 그런데 나의 차동차를 수리하는 그 기사님의 모습을 보면서 불편했던 나의 마음은 봄눈 녹듯이 빠르게 수그러들기 시작했다. 최선을 다하고 있는 기사님을 보면서 방금 전 있었던 일이 생각나 미안한 마음까지 들었다.

운전석 밑으로 신체의 반을 기꺼이 맡기면서 구부리고 일을 해야 하는 수리였다. 기사님은 기대 이상으로 꼼꼼했다. 몸을 전혀 생각하지 않고 최선을 다하는 모습을 보면서 좀 전까지의 불편함이 신뢰감으로 바뀌었다. 사람이 먼저라는 가치는 이렇게 다시 깨어나고 있었다.

기사님이 무척이나 고맙게 느껴졌다. 수리를 마친 후 기사님은 수리가 다 되었음을 알리고 나에게 정중하게 인사까지 하였다. 나 역시 정중하게 인사를 드렸다. 그리고 방금 전 불편한 마음이 있었다면 이해를 해달라고 했다. 하지만 기사님은 "고객님 입장에서 당연하지요."라는 말까지 곁들였다. 따뜻한 기운과 신뢰감을 만들어낸 반전이었다.

사람과 사람 사이에서 느껴지는 흐뭇한 여운은 집으로 돌아오는 내내 나를 즐겁게 하였다. 흐뭇한 마음이 이어지는 가운데 다음과 같은 공자의 일화가 새롭게 다가왔다.

공자의 마구간에 불이 났다.
퇴근해서 불이 났다는 말을 들은 공자는 물었다.
"사람이 다쳤느냐?"
그리고 말에 대해서는 묻지 않았다.

너무나 평범한 대화 같았지만 깊은 뜻이 새겨져 있었다. 춘추 시대 중요한 교통수단이었던 말은 사람보다 훨씬 비싼 값을 지불해야 살 수 있었다. 말의 가치는 사람의 가치보다 두세 배 컸을 때였다. 하지만 공자는 사람을 걱정했지 말에 대해서는 입 밖에도 내지 않은 것이다. 사람이 중요했기 때문에 말이 죽었는지에 대한 손실은 묻지 않은 것이다. 2500년 전에 이미 인본주의에 바탕을 둔 공자의 따뜻한 배려가 떠올랐다. 이익이 아니라 사람이 먼저였다. 이익도 사람을 통해서 이루어지는 것이었다.

# 과음과 과식이 우리를 죽인다

가족과 건강

칼에 의해 죽은 사람들보다
과식과 과음으로 인해 죽은 사람들이 더 많다.

　나는 뷔페 음식을 좋아하지 않는다. 절제하려고 안간힘을 쓰지만 결국 강렬한 맛의 유혹에 넘어가 도를 넘고 마는 일이 흔히 있기 때문이다. 과식으로 인한 후회가 세상에서 가장 미련해 보이지만 실제로 내가 반복적으로 저지르는 일이기도 하다.

　음식을 절제할 수 있는 경지에 도달할 수 있다면 그것이 득도한 것이라고 믿고 싶을 때가 있다. 의사이자 세계적인 명문대인 존스 홉킨스 의대 설립자이기도 한 윌리엄 오슬러 경의 "칼에 의해 죽은 사람들보다 과식과 과음으로 인해 죽은 사람들이 더 많다."는 말에서 그나마 절제의 자극을 찾고 있다.

풍족한 음식에 길든 우리 집 아이는 반찬 투정이 많았다. 풍족함이 가져온 악영향이었다. '시장이 반찬이다', 즉 배가 고플 때는 거친 음식도 맛있다는 소중한 경험을 해 보지 못한 것이다. 아이를 키우면서 가장 힘들었던 일 중 하나가 밥을 먹이는 일이었다. 아이에게 맛있는 간식을 주다보니 주식인 밥은 잘 먹으려 하지 않았다. 결국 문제는 아이가 아니라 우리 부부였던 것이다.

지금은 절대빈곤과는 거리가 먼 시대다. 이제는 '무엇을 먹느냐?' '어떻게 먹느냐?'가 중요해졌다.

먹는 것에서 끝나는 것이 아니라 운동도 다양하게 발전하고 있다. 이제는 주민등록상 나이가 중요한 것이 아니라 신체적 나이에 관심이 많아졌다.

'얼마나 스트레스를 많이 받고 사나?'

'스트레스를 풀고 사는 방법을 갖고 있나?'

'인간관계는 원만하게 유지하고 있나?'

건강을 유지하기 위해서 풀어야 할 과제들이다.

나의 이웃에는 청소년기 때 받은 과도한 스트레스로 중증 정신 질환을 앓고 있는 딸을 둔 노부부가 산다. 딸은 마흔을 넘긴 나이다. 주기적으로 몇 달씩 입원과 퇴원을 반복한다. 노부부의 때늦은 후회는 아무 소용없는 일이 되었다.

그 이웃의 소식을 접할 때마다 안타까움에 가슴 한켠이 저려온다. 자식이 완쾌되는 일이라면 무슨 일이라도 할 생각이지만 방법이 없다고 한다. 노부부는 딸과 건강하게 살다가 함께 생을 마감하는 것이 최고의 소원이다. 딸을 두고는 편히 눈을 감을 수 없을 것 같은 부모의 심정이 헤아려졌다.

나는 건강을 위해 운동을 하고 음식을 조절하며, 절제하는 생활에도 관심을 갖는다. 내가 아프면 나 하나의 불편으로 끝나지 않기 때문이다. 환자 당사자보다 가족들이 더 고생하는 것을 이웃의 삶을 통해 똑똑히 보았다. 과거에 나는 병을 앓은 적이 있었다. 불안감은 있었지만 큰 걱정은 하지 않았다. 오히려 주변에서 걱정을 더 많이 해주었다. 내 걱정에 눈물을 보였던 누나의 모습을 지금도 잊지 못한다. 그런 누나의 모습이 떠오를 때마다 고마움과 가족의 정이 새록새록 피어나고 있다.

나는 의사의 지시만큼은 철두철미하게 지켰다. 병세는 다행히 시간이 갈수록 호전되었다. 그리고 씻은 듯이 나았다. 이때 가족이 무엇인지를 가슴으로 인식하였다. 가족은 희로애락이 있을 때마다 항상 옆에 있어 주었다. 잠시 있어 준 사람이 아니라 쭉 같이 지내준 수호자였다.

건강한 사람은 건강의 절실함을 알지 못한다. 하지만 건강을 잃은 사람은 건강의 고마움을 절실하게 느낀다. 환자가 되는 일은 불가항력적 요인도 있지만 나의 신체에 대해 내가 충분한 예의를 갖추지 않아 발생했다.

'어리석은 일 중에 가장 어리석은 일은 이익을 얻기 위해 건강을 희생하는 것이다'라는 철학자 쇼펜하우어의 말에서 건강을 지키는 기본 원칙을 깨달았다. 신체의 과학적 반응을 무시하고 과욕을 부리는 것이 얼마나 무모한 짓인지 환자가 된 뒤에 알았다.

오로지 한길 밖에 모르다 그 길에서 성공을 거둔 친구가 있다. 그 친구의 성공은 재력을 갖추는 일이었다. 하지만 건강을 잃었다. 건강을 잃고서 돈이 많고 적음이 행복을 사는 데 중요한 목적이 아니라는 깨달음을 나에게 전해주었다. 한계 상황에서 말해주는 친구의 말은 가장 진정성이 느껴지는 말이었다.

돈은 많을수록 좋다는 사람도 있다. 바다는 메울 수 있었지만 사람의 욕심은 메울 수 없었다. 사는 것은 별반 다르지 않았다. 나는 하루 세끼밖에 먹지 못한다. 기름진 세끼 음식은 오히려 비만을 불러 왔다. 건강한 삶도 약속 해주지 않았다.

건강을 해치는 것은 음식만이 아니었다. '근심이 많으면 마음이 불안하고, 미워하는 것이 많으면 초췌하고 즐거움이 없다'는 허준의 말처럼 마음을 다스리는 일은 평안을 얻는 일이고, 스트레스를 줄이는 일이었다. 마음의 평안은 혼자서 이루는 것이 아니라 관계 속에서 이루어졌다. '가는 말이 고와야 오는 말이 곱다'고 하듯이 긍정으로 보낸 메시지는 더 큰 긍정의 메아리로 돌아왔다.

욕심 때문에 근심을 불러들였고 이기심 때문에 사랑하는 사람을 미워하기도 했다. 하지만 이기심을 줄이고 마음을 비워나가니 음식과 운동에서는 채울 수 없었던 마음의 여유를 채울 수 있었다. 건강은 가족과 함께 즐거움을 나누는 일이었다. 건강을 지키는 일은 나를 지키는 일이기도 하지만 가족을 지키는 일이고 가족과 행복을 나누는 일이었다.

IV.

# 교실 밖 행복 수업

그리고, 못다 한 이야기들

# 사랑의 온도는 몇 도?

설렘이 있는 사랑

내가 아내에게 해줄 수 있는 최고의 선물은
값비싼 기능성 화장품이 아니었다.
밝고 투명한 얼굴을
만들어주는 최고의 메이크업은
배려와 이해였다.
얼굴은 마음의 거울임을 알았다.

사랑은 따뜻하고 상대를 탓하지 않았기에 화기애애한 봄날이었다. 긍정의 프레임으로 용기와 자신감도 옹달샘처럼 솟아올랐다. 행복하다는 느낌은 사랑의 힘이었고, 세상이 아름다웠던 것도 그 때문이었다.

하지만 사랑의 변질은 슬픔으로 먼저 다가왔고, 사랑과 결별은 비애와 허무가 있다는 세상을 보여주었다. 회색빛이었고, 어두운 터널을 걷는 것이었다. 부정의 프레임으로 지배당하는 좌절이었다. 믿음 대신 갈등과 증오가 커진 것은 사랑의 결과였다.

사랑이 주는 변동성은 매우 큰 것이었다. 장미꽃에 취하다 그 가시에 찔린 아픔이었다. 강물처럼 흐르는 사랑의 힘은 경이로움이었으니 콩깍지가 씌워진 것은 당연했다. 콩깍지는 단점까지 가려주는 묘약이었다. 얼어붙은 마음을 녹여주고, 상처를 덮어주고, 실타래처럼 얼기설기 맺힌 감정을 풀어주었다.

묘약 같았던 콩깍지는 오래가지 않았다. 사랑했기에 결혼을 했지만 사랑을 위해서 노력을 해야 한다는 사실은 고통이 있고서야 깨달았다. 강산이 변하는 것도 10년이다. 사랑도 강산처럼 덩달아 변하면서 갈등이 찾아들었다. 불변의 법칙처럼 여겼던 사랑이었기에 대비를 하지 않았다.

희망으로 짜이고 사랑으로 충만했던 백년가약은 불변의 법칙인 양 수를 놓았었다. 그리고 한 땀 한 땀 수를 놓듯이 카펫을 밟으며 믿음으로 채워진 첫출발을 하였다. 걱정은 없고 지고지순한 사랑의 시작만 같았다.

더도 말고 덜도 말고 오늘만 같은 축복이 이어지길 소망했다. "검은 머리 파뿌리 되도록 행복하게 살아야 한다."라는 덕담이 건네졌지만 이러한 맹세는 둘 사이에 이미 굳게 약속한 터였다.

사랑이 무엇일까? '같은 생각을 하는 행복', '같은 곳을 바라보는 공감', '그냥 좋은 느낌', '눈빛에서 느껴지는 고혹함' 사랑을 깔끔하게 정의할 수 있다는 것은 만용 같다. 사랑을 하면서 모든 것을 수용하는 용광로처럼 시작했기 때문이다.

돈은 행복의 조건 중 중요한 요소처럼 여겼다. 행복으로 가는 길을 더 넓고 평탄하게 해주는 중요한 매개라고 생각했다. 그래서 '항산이 있으면 항심이 생긴다'는 맹자의 말도 맞게 느껴졌다. 그런데 돈에 집착할수록 행복과 비례하지 않았다. 속물근성은 커졌지만 사랑까지 커지지는 않았다.

'항산이 없어도 항심이 있다'라는 맹자의 말도 있었지만 깨닫지는 못했다. 항산이 없어도 항심을 얻을 수 있다면 진정한 행복이었다. 가진 것으로 만족할 줄 아는 삶이 가장 지혜롭게 행복을 얻는 일이었지만 욕심은 이를 가로막고 있었다.

항산이 중요하다고 생각했을 때 1억과 2억의 차이는 컸다. 그런데 욕심의 끝은 없었다. 남과 비교하는 이기심까지 생겼다. 아이를 하나밖에 갖지 못한 것도 안정적인 항산을 먼저 생각했기 때문이었다.

열심히 사는 것은 나의 목표였다. 최선이 최고선이고 이것이 행복을 가져다줄 것이라 믿었다. 하지만 아내는 그 행복을 느끼지 못했다. 나를 위한 최선이었지 아내와 함께 하는 최선이 아니었기 때문이었다. 사랑은 이기심을 뛰어넘는 일이지만 나만을 위한 최선은 오히려 이기심을 채우는 과정이 되어가고 있었다.

사랑할 때는 물리적 시간도 와 닿지 않았었다. 서울에서 부산까지 가장 빨리 갈 수 있는 방법은 기차도, 자동차도, 비행기도 아닌, 사랑하는 사람과 같이 가는 것이었다. 짧게 느껴지는 시간이 야속했을 뿐, 지루할 틈이 없었다. 그래서 사랑하고 있는 동안에는 모두가 시인이 된다는 말에도 공감이 갔다. 사랑하는 사람이 뮤즈가 되어 주었다. 영원한 것은 없다고 해도 사랑만큼은 영원해야 한다고 믿고 살았다.

그런데 시간이 흐르면서 이러한 사랑의 설렘은 고무풍선 바람 빠지듯 줄어들기 시작했다. 변하는 것은 무슨 이유일까? 마음도 편할 리 없었다. 갈등이 일어나기 시작했다. 아내는 더 이상 무결점의 사랑스러운 모습으로 보이지 않았고 행동도 눈에 거슬렸다.

온도차가 나타날 것이라 예측하고 사랑을 시작하지는 않았다. 대비를 못한 만큼 힘이 들고 고통스러운 일이었다. 과거나 지금이나 아내는 똑같은 사람이다. 단지 시간이 지났을 뿐이다.

무엇이 변한 것일까?

슬픔도 고통도 좌절도 인생의 일부이고 배워 가는 과정
이라 생각하지만 사랑의 변화로 쌓이는 스트레스는 인내
심의 한계를 시험하는 일이었다. 작은 일에도 부정의 프레
임이 작동하기 시작했다. 아내의 요구가 투정으로 들렸다.

시간이 지나면서 내 생각은 강해졌고 아내의 생각은 작
게 느껴졌다. 이것이 잘못된 것이라고 느끼지 않았다. 대화
로 물꼬를 틀 수도 있었지만 이기적인 자존심이 허락지 않
았다.

그런데 힘든 과정을 보내고 있을 때 관점의 변화로 이끌
어준 사람이 있었다. 갈등을 치유하고 개선하는 힘도 나
에게 있다는 점을 알려주었다. 한쪽 창문으로 세상을 보려
했던 나를 깨우쳐준 사람이었다. 모진 추위를 이겨내고 피
어난 연둣빛 새싹은 언제 보아도 싱그럽게 느껴지는데 갈
등을 치유하는 일은 연둣빛 새싹을 마음에 심고 점점 키
워나가는 일이라고 했다. 갈등이 풍선처럼 계속 부풀어 오
르는 것은 참기 힘든 스트레스였는데, 이를 해결하는 방법
은 있었다. 이웃집 부부였다.

언제 보아도 이웃집 부부는 행복한 모습이었다. 갈등을

봄눈 녹이듯 해결하는 기술이 있어 보였다. 삶의 굴곡은 없고 행복만 있는 사람들 같았다. 두 사람의 얼굴은 결혼할 때 보았던 보름달 같은 미소를 시간이 흘러도 고스란히 간직하고 있었다. 나는 일부러 못 본 척했지만 아내는 이웃의 행복한 삶을 알고 있었다. 하지만 나에게 내색하지는 않았다.

내가 무엇을 위해 열심히 살고, 무엇을 위해 최선을 다했는지 아내와 가족 입장에서는 나와 공통분모가 많지는 않았다. 신혼 초에는 문제가 없는 것처럼 보였고, 설렘까지 있어 행복했지만 이제 신혼 초의 묘약은 효과가 사라지고 있었다.

그런데 갈등을 치유하고 가까워지는 방법은 어렵지 않았다. 매우 평범한 것이었다. 관심이었다. 배려와 이해가 있는 '관심'이었다. 그 시작은 이기심을 버리려는 노력에서 출발해야 했다.

"처음부터 잘되는 것은 없지 않습니까? 세상에 거저 얻어지는 것은 없는 것 같습니다."

시원한 맥주 잔을 부딪치면서 이웃집 양반이 들려주는 조언이었다. 오랜 세월 쌓인 깊은 내공이 있었다.

노력은 그 자체만으로도 소중한 출발이었다. 그러나 쉬

운 일은 아니었다. 가장 큰 장벽은 습관이었다. 좋은 습관이나 잘못된 습관이나 굳어지는 것은 마찬가지였다. 이미 굳어져 가는 모습에서 노력한다는 것은 끊임없이 수양하는 길을 가야 하는 군자의 행로 같았다. 군자가 아닌 자가 군자의 길을 흉내 내는 것도 처음에는 쉽지 않았다. 하지만 공자의 말을 새겨 나갔다.

'누구나 군자가 될 수 있다'

이때 텔레비전 화면이 나의 눈길을 사로잡았다. 천사가 아니고서는 할 수 없는 봉사 활동 모습이었다. 지체 장애인을 위해서, 내 가족이 아닌데도 대소변을 받아내고 목욕까지 시키는 선행은 감히 흉내 낼 수 없는 감동이었다.

하지만 내가 지금 노력하려는 것은 남을 위한 봉사가 아니었다. 그저 아내와의 사랑을 되찾는 일이었다. 텔레비전에 나오는 천사처럼 어려운 일도 아니었다. 거기에 비하면 나의 노력은 새 발의 피였다. 텔레비전에 비치는 천사와 같은 저 사람도 처음부터 그런 봉사심이 있지는 않았을 것이라는 긍정이 마음에 깃들기 시작했다.

긍정의 싹이 점점 자라서 무성한 숲으로 자라날 것이란 희망이 생겨나고, 가능할 것 같은 느낌이 들었다. 부정이 아니라 긍정으로 프레임을 바꾸는 일이었다. 나의 관점이 아니라 아내의 관점에서 보는 것이었다.

긍정으로 보기 시작하니 달라진 것은 내가 아니라 아내였다. 나의 행동에 믿음을 보내주고 이전과는 다른 부드러운 눈길이 느껴졌다. 줄어든 사랑도 비집고 들어와 부풀어 오르는 것처럼 느껴졌다.

이해와 배려는 상대를 불편하지 않게 하려는 마음이었다. 역지사지였다. 짜증스러운 마음은 주로 나에게만 일어나는 줄 알았다. 그러니 짜증을 내는 것도 당연했다. 아내의 마음은 크게 고려하지 않았다.

"인생 별 것 있냐?"

친구들을 만나면 흔히 듣는 말이다.

"인생 별 것 있어, 알코올이지."

술자리에서 들은 우스갯소리다. 상황에 맞게 이해하고 살라는 말처럼 들리기도 하고. 부질없는 일에 신경 쓰지 말고 즐기라는 말 같기도 하다. 이래저래 맞는 말처럼 이해된다.

인생은 한 번이다. 부부의 인연도 한 번이다. 그래서 '잉꼬부부'로 사는 것이 성공한 삶이라고 말하는 것이 마음에 와 닿았다. 부부는 평생을 함께 산다. 평생을 행복하게 사는 자가 가장 성공한 사람이었다. 무엇을 위해 열심히 살아야 하는지? 진정으로 성공한 삶은 무엇인지? 이웃집 부부의 삶이 스승처럼 느껴졌다.

'처갓집 말뚝 보고도 절을 한다'는 말은 옛말이다. 요즈음 이런 소리를 했다가는 팔불출 소리를 듣는다. 하지만 이웃집 남편은 처갓집 말뚝을 보고 절을 하며 사는 사람 같다. 행복의 기초를 알고 사는 사람들이다. 얼굴에서는 편안함이 느껴진다. '나이 40이면 자기 얼굴에 책임을 지라'고 했던 링컨의 말이 무슨 의미인지 저절로 생각나게 하는 부부다.

결혼 10년차쯤 되는 정민주라는 선생님과 여러 명이 좌담을 하고 있었다. 평소 잘 알고 지내는 미혼의 동생이 정민주 선생님에게 이런 질문을 했다고 한다.

"어떻게 하면 형부처럼 좋은 남자를 고를 수 있어?"

대답은 이랬다.

"그거 복불복이야."

순간 좌중이 박장대소했다. 사람 속은 알기 참 어렵다는 말이다. 어떻게 사랑할 때 그 사람의 진정성을 다 알 수 있느냐고 반문하는 말 같았다. 연애할 때 마음과 결혼한 후 마음이 달라지는 현상 때문에 나온 말 같았다.

진정으로 사랑했다면 연애할 때와 결혼한 후 마음은 같

아야 한다. 깊어가는 가을처럼 시간이 흐르면 사랑도 더 깊어지고 여물어 가야 한다. 그런데 세상은 그렇지 않다는 반증이 있기에 동생은 그런 질문을 했을 것이다. 세상의 불확실성이 동생에게 일말의 불안한 마음을 안겨주었는지 모른다.

배우자 선택이 어렵고, 망설여지고, 신중한 이유는 행복을 찾는 일이기 때문이다. 결국 지순해야 할 사랑도 변할수 있다고 생각하면 만감이 교차하게 된다.

학생들은 공부를 잘하기를 원한다. 잘할 수 있는 능력은 대부분 가지고 있다. 그리고 잘해야겠다는 생각도 갖고 있다. 방법도 알고 있다. 그런데 결과는 다르게 나타난다. 20여 년 학생들을 지도하면서 느끼는 결과는 똑같았다. 실천이 부족한 것이 이유였다.

간단한 일이었지만 '가장 단순한 일이 가장 어려운 법'이었다. 실천은 쉬워 보이지만 습관을 고치는 일이기 때문에 어려웠다. 세 살 버릇 여든까지 간다는 말처럼 습관은 제2의 천성이었다. 굳어지기 전이라면 고치기 쉽겠지만 굳어진 것을 녹이기는 힘들었다. 나이를 먹으면서 고집이 세졌다는 말은 잘못된 습관이 굳어진 현상일 것이다. 말랑말랑한 유연성을 유지하는 것은 이기적인 고집을 만들지 않는 일이었다. 고집이 붙기 전에, 젊었을 때 좋은 습관을 들이는 일은 그래서 중요해 보였다.

학생들은 나에게 첫사랑 이야기를 해달라고 조를 때가 있다. 사실 할 말이 없다. 그래서 나는 "내 첫사랑은 너무 짧아서 해줄 말이 없네요."라고 시작한다.

"왜요?"

라는 한결같은 대답이 오가면서 잠시 침묵이 흘렀다. 이어질 나의 말이 궁금한 것이었다. 그만큼 사랑은 누구나 관심이 많은 주제이자 소재다.

"선생님은 너무 짧은 첫사랑을 했기에 비밀로 간직하고 싶어요."

의도하지는 않았지만 이 말은 오히려 궁금증을 증폭시킨다. 아이들 성화를 맞춰주지 않으면 실망감을 감당하기 어렵다. 그래서 나는 이웃집 부부에게 배운 사랑 타령을 늘어놓게 된다.

"마음속에 사랑이 뿌리를 내리도록 도와주기도 하고, 더 크게 자랄 수 있도록 보살펴주는 것이 있습니다. 여러분은 그것이 무엇이라고 생각합니까? 여러분은 사랑의 기초가 있다는 말을 들어본 적이 있나요? 공부를 잘하려면 기초가 잘돼 있어야 한다는 점은 잘 알고 있지요?"

"예!"

아이들은 합창하듯 대답한다.

"사랑도 같습니다. 사랑의 기초에 가장 좋은 재료는 무엇일까요?"

학생들은 쉽게 대답하지 못한다. 쉽지 않은 문제이기 때문이다.

"이해와 배려를 바탕으로 한 관심입니다. 그리고 노력입니다. 여러분은 누가 나를 잘 이해해주고 배려해주면 기분이 어떻습니까?"

답은 자명하다.

"여러분, 내가 좋아하고 있는 친구는 나와 틀린 존재입니까? 나와 다른 존재입니까?"

아이들은 '다른 존재'라는 말에 더 무게를 싣는다. 하지만 다르기 때문에 어떤 마음을 가져야 하는지는 잘 알지 못한다.

"여러분! 음식에 재료가 부족하면 맛이 날까요? 사랑의 기초가 부족한 사랑은 어떻게 될까요? 아무리 꽃이 활짝 피어도 절정이 지나면 꽃은 시들어 갑니다. 기초가 부족한 사랑은 활짝 핀 꽃과 같습니다. 그리고 시들어 가는 꽃과 같습니다. 사랑이 시드는 것은 이해와 배려는 부족하고 이기심은 크기 때문입니다. 이기심으로 채워지면 나의 관점에서 상대를 보게 됩니다. 나와 틀린 사람이라고 보기 때문에 부정의 싹이 틉니다."

나는 처음부터 배려와 이해를 키우지 못했다. 하지만 고통스러운 스트레스로부터는 벗어나고 싶었다. 이웃집 부부에게 배운 팁은 내 것만을 고집하지 않는 것이었다. 대신 상대를 인정하려는 마음을 키우는 것이었다. 내 것을 주장하고 상대에게 양보하라는 것은 사랑하는 사람이 취하는 행동은 아니라는 것이다.

결혼할 때 아내와 지금의 아내는 같은 사람이다. 달라진 것은 나의 마음이었다. 초심은 인간관계에서 가장 밑거름이 되고 있었다. 초심을 잃어간다는 것은 이기심이 시작되고 있음을 알리는 것이었다.

하루 일과를 돌아보니 아내는 소중한 사람이었다. 가장 믿음직스러운 사람이었다. 나를 가장 배신하지 않을 사람이었다. 따뜻한 아침밥을 차려주는 사람이었다. 허물까지 덮어줄 수 있는 사람이었다. 가족을 위해 가장 애쓰는 사람이었다. 그런데 정작 나는 그 소중함을 알아차리지 못했다. 항상 옆에 있으니 소중함을 잊고 살았다.

한번은 아내가 줄에 걸려 넘어져 20여 일 동안 다리에

깁스를 하게 되었다. 아내의 존재감을 가장 절실하게 느낀 시간이었다. 아내가 했던 가사 노동을 내가 도맡아야 했기 때문이었다. 하루 이틀이 아니라 20여 일의 가사 노동 체험은 오히려 배려와 이해를 깨닫게 해준 시간이었다. 역지사지의 체험이었다. 무한히 반복되는 가사 일은 인내와 마음의 수양을 필요로 했다. 짜증스러운 일이었다. 하지만 그동안 아내는 오로지 가족을 위하는 마음 하나로 이 일을 해 온 것이다. 반복되는 가사 일을 아내가 싫어하는 기색을 느끼지 못했다. 아내가 지치지 않고 누에가 실을 토해내듯 끊임없이 노동력을 쏟아 부은 것은 오로지 가족을 사랑했기 때문이었으리라.

남녀는 만나서 통하는 것이 있으면 그냥 좋아진다. 나역시 그랬다. 심장이 고동치고 모든 것이 예쁘게 보이면 그것이 사랑이라고 생각했다. 거저 얻어지는 것은 없다고 생각했지만 사랑만큼은 쉽게 얻어지는 것이라고 느꼈다.

쉽게 얻어진 사랑은 살얼음판을 걷는 것과 같다는 사실을 미처 몰랐다. 쉽게 얻은 것은 쉽게 잃는다는 평범한 진리는 깨닫지 못했고, 단단하게 여문 사랑이 무엇인지는 나중에야 알았다.

나는 수없이 많은 행동을 하며 살고 있었다. 그러나 내

스스로 '내가 왜 그런 행동을 했을까?'라고 반성하는 일은
드물었다. 자신의 잘못된 행동에는 관대했다. 하지만 아내
의 행동에 대해서는 관대하지 못했다. 이것이 이기적이었다
는 생각이 든 것은 이웃을 알고서였다. 그리고 내가 얻은
가장 큰 소득은 나도 '행복을 생산해낼 수 있는 사람'이라
는 자신감이었다.

　내가 아내에게 해줄 수 있는 최고의 선물은 값비싼 기능
성 화장품이 아니었다. 밝고 투명한 얼굴을 만들어주는 최
고의 메이크업은 배려와 이해였다. 얼굴은 마음의 거울임을
알았다.

　사랑과 행복은 관계 속에서 이루어지는 것이지 혼자서
즐기는 것이 아니었다. 특히나 가족은 외면할 수 없는 관
계였다. 갈등의 해법은 스트레스를 느끼는 사람이 먼저 나
서는 것이었다. 자기 주도적으로 문제를 해결하는 것은 공
부하는 학생에게만 적용되는 것이 아니었다.

　나는 사랑 타령 말미에 학생들에게 말한다.

　"여러분은 이성을 선택할 때 외모를 많이 보나요?"

　많은 아이들이 "예!"라고 답한다.

　"눈에 보이는 것은 쉽게 찾을 수 있습니다. 하지만 눈
에 보이지 않는 것은 찾기 어렵습니다. 그래서 잘 생긴 남

자, 예쁜 여자에게 호감을 갖는 건 당연하다고 봐요. 빙산의 일각이라는 말 알지요? 하지만 사람에게도 눈에 보이는 것보다 눈에 보이지 않는 것이 더 많습니다. 사람에게서 보이는 모습은 잠깐의 호감으로 끝날 수 있습니다. 선생님이 살아보니 외모는 잠깐인 것 같아요. 얼굴은 현대 과학으로 고칠 수 있어도 마음은 고치기 어렵습니다."

아이들은 살짝 웃어준다.

"여러분 부모님들이 다툴 때 '당신 왜 그렇게 못생겼어'라고 싸우는 경우가 있던가요? 아니면 못생겼다고 이혼을 하던가요?"

학생들이 크게 웃어준다. 사실이 아니기 때문일 것이다. 나의 사랑 타령에 빠져 있던 성민이가 질문을 해왔다.

"선생님, 그럼 어떻게 하면 이해와 배려심이 있는 사람인지 알 수 있나요?"

얼굴이 조금은 상기되어 있었다.

"어려운 질문이네요."

다른 아이들도 이심전심, 성민이가 질문을 잘했다는 표정이었다.

"여러분이 사랑을 시작한 후 지극 정성으로 나를 대해주면 그 사람은 이해와 배려심이 많다고 생각해도 될까요?

만난 지 100일이 되었다고 100송이 장미에 100개의 초콜릿 선물로 이벤트를 해준 사람은 배려와 이해심이 많은 사람이라고 보아야 할까요? 나에게 잘해주니 당연히 배려심이 많다고 생각할 수도 있지요. 물론 좋은 사람일 수도 있습니다. 그런데 오래 사귀지 못하고, 싸우고 쉽게 헤어지는 경우가 왜 주위에서 왕왕 일어나게 되는 것일까요? 혼란스럽지요."

고개를 끄덕이며 공감하는 아이들이 있다.

"배려와 이해는 선물에서 나오는 것이 아니기 때문입니다. 이성은 좋아지는 느낌이 생기면 잘해주어야 하겠다는 본능이 발동합니다. 하지만 영원할지 순간적일지는 알 수 없습니다. 진정으로 배려심을 갖춘 사람은 이런 사람이라고 생각하면 어떨까요? 같이 길을 가다가 '내가 아닌' 어려운 사람에게 따뜻한 눈길을 주는 사람이라면, 어려운 사람을 도와주려고 애쓰는 사람이라면, 남의 아픔에 슬퍼할 줄 아는 사람이라면, 다른 사람에게 피해를 줄까봐 아무 데서나 흡연하지 않는 사람이라면, 옳고 그름을 잘 판단할 줄 아는 사람이라면, 자신의 잘못을 느끼고 부끄러워할 줄 하는 사람이라면, 버스에서 전철에서 나보다 나이든 분에게 자리를 기꺼이 양보하는 사람이라면, 그런 사람이라면 배려심을 갖춘 사람이라고 생각해요."

성민이의 질문에 대한 답이었다. '인의예지'를 갖추기 위해 '사단'을 실천하려 했던 전통사상과 맥을 같이하는 대답이었다. 아이들은 사랑 이야기에 높은 집중력을 보여주었다.

살갑게 사는 어느 노부부가 있었다.
할머니에게 물었다.
"할머니, 다시 태어나도 할아버지를 만나실 거예요?"
할머니의 대답은 이러했다.
"그러지 뭐."
"이유가 뭐예요?"
할머니 왈,
"그놈이 그놈이지."

그냥 우스갯소리로 치부하기엔 삶의 깊은 뜻이 담겨 있는 것 같다. '남의 떡이 더 커 보인다'라는 속담이 생각난다. 부질없는 욕심이었다. 할머니의 말을 되새기면서 사랑했던 사람에게 공을 들이는 것이 가장 지혜롭다는 생각이 들었다. 배려와 이해심이 부족한 사람이 새로운 사람을 만났다고 해서 새로 태어나지는 않는다. 배려와 이해는 노력의 산물이기 때문이었다. 한 번 이혼한 사람이 두 번, 세 번 이혼하는 경우가 많다고 하는데 이유가 거기 있는지도 모르겠다.

아내를 배려하고 이해함으로써 얻은 최고의 선물은 나이를 초월한 '설렘'이었다. 이웃집 부부는 '설렘'이 있다는 것이다. 20년을 훨씬 넘게 살아 온 부부였다. 사랑의 끝이 설렘이라면 꼭 가보고 싶었다. 설렘으로 사는 감정이 어떤지 느끼고 싶었다. 사랑의 온도계는 끝없이 올라가도 폭발할 염려가 없기에 몇 도에서 설렘이 일어날지 궁금해졌다.

# 눈 오는 날의 추억

아이들을 자연과 놀게 하자

"야, 첫눈이다!"

눈이 내렸다.

창호지를 뚫고 들어온 밝은 아침 햇살이 방안까지 가득했지만 아랫목은 미미한 온기만 남아 있었다. 엄동설한 이른 아침 이불을 떨치고 의연히 일어나 밖으로 나가는 일은 쉽지 않았다.

밤새 추위를 고스란히 견딘 마루는 얼음장처럼 차가웠다. 나는 마루에 닿는 면적을 조금이라도 줄이려고 발바닥을 잔뜩 움츠렸다. 그런데 세상은 뜻밖에도 하얗게 변해 있었다. 만물은 잠들었지만 밤새 소리 없이 눈이 내렸다.

배려하려는 마음인지 어느 누구도 깨우지 않았다.

소담스러운 눈이 아니라 장독대를 폭신히 덮어 버린 폭설에 가까운 눈이었다. 장독대는 형체만 겨우 유지하고 있었다. 장독대를 감싸고 있는 부드러운 눈은 곡선의 백미를 이루고 있었다. 어릴 적 장독대는 가족의 영양 공급소였다. 냉장고가 없어도 장독대는 그 이상의 역할을 했다.

내가 좋아하는 홍시는 유난히 큰 장독 안에서 왕겨의 보호를 받고 있었다. 조상님 제사상에 올라갈 음식이라 할머니의 보호도 철저했다. 이를 뚫고 얻은 홍시는 행복이었다. 홍시에 대한 추억의 맛은 그리움으로 다가온다. 홍시에 대한 애정이 지금도 남다른 이유는 그때의 추억 때문이다.

부엌에서 장독대까지는 이미 발자국이 나 있었다. 부지런하신 어머니의 흔적이었다. 김치와 된장 항아리 뚜껑은 눈까지 말끔히 치워져 있었다. 부엌에서 모락모락 피어나는 된장국 냄새가 이미 집안을 휘감고 있었다.

강아지는 이리저리 마당에 발자국을 내면서 눈과 기쁨을 나누고 있었다. 신이 난 강아지가 장독대까지 어머니와 동행한 흔적이 뚜렷했다. 눈이 오면 도둑도 들지 않는다. 왕래가 드문 시골길에서 자신의 흔적을 그대로 노출할 정

도로 도둑은 바보가 아니기 때문이다.

눈 덮인 세상은 참 살갑게 느껴진다. 모든 것을 덮어버린 백색의 정화감일까? 마음을 비운 앙상한 나뭇가지까지 덮어준 푸근함일까? 나는 그런 눈이 좋아서 눈밭에 뒹굴었다. 그냥 좋아서 느끼고 싶었다. 몇 겹으로 쌓인 눈은 포근하게 몸을 감싸주었다. 포근함은 결핍이 없는 평화였다. 눈은 하늘이 내려 준 선물이었다.

눈이 내린 날이면 시골 초등학교는 들썩인다. 두 가지 신나는 놀이를 할 수 있기 때문이다. 하나는 토끼몰이고 다른 하나는 눈사람 만들기다. 고학년 학생들 수백 명이 눈 덮인 산으로 향했다. 토끼몰이를 하기 위해서였다.

"야! 저기 토끼다."

여기저기서 뿜어대는 함성으로 흥은 절정을 이루었다. 꽹과리를 치며 산 아래쪽으로 토끼를 몰기 시작했다. 포위망을 좁혀나갔다. 수백 명의 함성에 토끼도 겁에 질려 잠시 멈추고, 귀를 쫑긋 세웠다. 하지만 우리는 여유를 주지 않고 토끼를 덮쳤다. 그러나 손에 잡힐 것 같았던 토끼의 생존 본능은 우리들보다 빨랐다. 성취감이 유난히 강한 길동이는 끝까지 추격하여 몸까지 날려 달아나는 토끼를 덮쳤지만 역시나 아쉬운 미소를 지었을 뿐이었다.

은백색으로 변한 눈세상에서 회색 산토끼는 자신의 존재를 쉽게 노출했다. 요즘은 자연 보호와 생명 존중이라는 교육 패러다임 속에서 이런 체험이 어렵다. 하지만 어릴 적 토끼몰이는 신나는 일이었다. 모두가 힘을 합해야만 토끼를 잡을 수 있었다. 토끼몰이를 하다 보면 공동체 의식이 자연스럽게 길러졌다. 토끼를 내 손으로 잡아보고 싶은 성취동기의 발현도 생겼다. 자연 속에서 살아가는 기쁨을 만끽하며 살아갈 때였다.

토끼몰이 체험 기회를 만들어준 선생님들의 뜻은 무엇이었을까? 궁금하다. 토끼를 잡으려는 것이 목표는 아니었을 것이다. 토끼는 한 마리도 잡지 못했지만 선생님들의 표정은 우리보다 밝았다. 우리에게 과정을 느끼게 해주려는 것이었을까? 우리들은 즐거운 시간을 보냈고, 추억으로 선명하게 남게 해주었다.

토끼몰이 후 운동장에서 만들기 시작한 눈사람은 또 다른 경쟁이자 즐거움이었다. 더 큰 눈사람, 더 잘생긴 눈사람을 만들기 위한 노력은 진지하게 이어졌다. 다른 팀을 곁눈질하며 따라하기도 했다. 더 개성 있는 눈사람을 만들려고 눈, 코, 입, 귀를 표현할 재료를 기발하게 모았다. 결과에 대한 상품은 없었다. 단지 남보다 더 멋있는 눈사람을 만들고 싶은 마음에서 최선을 다했다.

눈이 많이 내리는 날이면 할아버지는 덕담을 하였다.

"풍년이 들라나?" 눈이 주는 희망이었다. 눈이 많이 내리면 풍년이 든다는 설에는 과학적 원리도 있다. 하지만 경험으로 얻은 믿음이 과학의 원리를 앞서고 있었다.

예나 지금이나 첫눈이 내리는 날이면 아이들은 본능처럼 좋아한다. 수업 시간이건 상관없이 분위기가 술렁거린다. 여학생들의 반응이 더 뜨겁다.

"야, 첫눈이다!"

수업도 잠시 중단해야 한다. 첫눈은 감상이 아니라 환호성으로 변한다. 눈은 인간의 감성을 자극하는 무언가가 있다. 오전 내내 펑펑 쏟아진 눈은 운동장을 하얗게 덮었다. 쉬는 시간마다 눈싸움 삼매경에 빠진 아이들로 눈이 쌓인 곳은 즐거움의 도가니가 되었다.

던지고 웃고,

피하고 웃고,

맞으면서 웃고.

아이들은 신바람이 났다. 손으로 눈을 모으는 것으로는 양이 차지 않았던지 민선이가 교실로 달려가 쓰레받기를 동원했다. 순식간에 몇 배의 눈을 모았다. 남보다 더 빨리 도구를 사용할 줄 아는 아이다. 승패는 쉽게 갈렸다. 예진이가 일단 후퇴를 선택했다. 건물 쪽으로 피신한 이들에게도 눈뭉치는 날아든다. 안전사고가 걱정은 되지만 이것은 자연을 반기는 아이들의 모습이었다.

눈싸움을 관조하는 것보다 함께 어울리는 것이 더 재미있었다. 그동안은 아이들의 공격을 받을까봐 운동장으로 나가지 못했지만 오늘은 용기를 내어 슬금슬금 나가 보았다. 재미에 빠진 아이들은

"선생님도 해요!"

라며 나를 부추겼다. 내가 눈을 뭉쳐 창수에게 던지자마자 주변 아이들이 합세하더니 나에게 집중포화를 퍼부었다. 눈싸움에서 아이들은 내 편이 아니었다. 내가 눈에 맞는 것은 아이들에게는 신나는 일이었다. 아이들이 이렇게 자연 속에서 뛰노는 일은 드물다. 모처럼 즐거운 놀이에 몰입하고 있는 것이다.

안전사고를 걱정하며 눈싸움 간섭에 나섰던 지난날이 떠올랐다. 아이들의 자연스러운 감성 분출을 막았다는 미안한 마음이 들었다. 아이들의 감성이란 예나 지금이나 똑같을 것이다. 나는 토끼몰이를 통해서 작은 용기와 자신

감이 붙었는데 정작 나는 나의 관점으로 아이들을 바라보고 있었다.

눈 오는 날에 도시 아이들이 할 수 있는 거의 유일한 체험은 눈싸움이다. 나와 함께 눈싸움 한 번 제대로 하지 못한 아이들은 지금 성숙한 사회인이 되어 있을 것이다. 그들은 눈이 내리는 날이면 학창 시절의 어떤 기억이 떠오를지 궁금하다. 지금이라도 눈싸움을 마음껏 하게 해주고 싶다. 눈이 내리는 날이면 학교 운동장으로 우르르 모여들 것 같은 제자들의 모습이 문득 그리워진다.

# 바람이 우리를 데려가리라

바람과 소나무가 전하는 말

겨울이 되어서야
소나무, 잣나무가 시들지 않는다는
사실을 알게 된다.

　계절 따라 온도 따라 다르게 다가오는 바람이 잠든 감
성을 흔들고 깨워주었다. 어디를 지나 왔는지 촉감도 달랐
다. 향기 나는 바람은 옛 친구를 만난 듯했다.

　바람은 우리 민족의 건국 신화인 단군 신화에도 등장한
다. 농사를 지으려면 비만 내리면 될 것을, 단군 신화에는
바람과 구름이 함께 등장한다. 바람이 구름을 몰고 와야
비가 내리니 바람을 원천이라 믿었을 것이다. 내리는 비에
식물은 허기를 채우고 풍년을 약속했으니 농심은 바람을
반겼다.

파도가 출렁이며 크고 작은 모양을 만들어내는 것도 바람이다. 바람을 읽으면 파도를 읽을 수 있다. 단군 신화에서도 바람을 읽고 비를 생각했을 것이다.

이러한 바람은 나에게도 각별한 존재다. 수풀 속 풀향기를 전해주는 바람 앞에서 나는 어린 시절 향수에 빠진다.

봄바람은 매년 반복되지만 항상 새로운 힘이 느껴진다. 겨우내 움츠렸던 마음을 따뜻하게 열어주고 희망을 품게 만들기 때문이다.

하지만 바람 한 점 없는 여름은 지루함이다. 나뭇잎은 미동도 하지 않는다. 느낌은 적어지고, 열기로 인한 불쾌감은 커진다. 불통의 답답함과 같다.

선들선들 불어오는 초가을 색바람은 나의 오랜 친구다. 한여름 땡볕을 힘들게 지나오면서 열기를 식히고 신선한 색깔로 바꿔 입는 과정을 거치면서 깊이가 쌓였다. 고생 끝에 낙을 생각하게 한다.

바람은 파도처럼 밀려왔다 부서지고 사라지기를 끊임없이 반복한다. 창문을 타고 긴 숨을 몰아치며 한참을 쉬어갈 때 만족을 느낀다. 짧게 머물다 휙 사라져도 여운은 짧지만 재회의 기다림이 있어 좋다. 완급의 묘미다.

아등바등하는 삶에서 바람은 어릴 적 여유를 알려주고,

나의 정체성까지 알려줄 때가 있다. 우리네 삶의 고질병인 '빨리빨리'도 잠시 잊게 해준다. 물장구 재미에 빠진 개울 웅덩이. 봉지 밖으로 하얀 속살을 드러낸 복숭아. 먹을 감으며 놀다가 오이 한 입에 행복을 느꼈던 시절로 안내해주기 때문이다.

변하는 것이 많아도 변치 않는 것이 바람이다. 추억 속으로 들어가는 일은 행복한 일이다. 그리운 추억은 여름이지만 가슴속으로 저미어오는 추억은 겨울이다. 나뭇잎을 울긋불긋 물들인 소슬바람이 지나고 찬바람의 당당함이 나에게는 더 크게 다가온다.

상업 활동으로 가계를 꾸렸던 어린 시절 땔감을 사서 불을 지폈다. 어린 시절 밖에서 놀다가 집에 들어올 때 빈손으로 온 적이 없었다는 이야기를 나중에야 들었다. 길에 떨어진 나무때기라도 들고 왔다는 것이다. 어린 아이 주제에 땔나무를 직접 해보려고 욕심을 부렸던 것도 그런 이유였을 것이다.

낫과 새끼줄만 달랑 들고 나무를 해오겠다며 집을 나섰다. 경험이 없었으니 단출한 차림이었다. 초겨울 살 속을 파고드는 스산한 바람을 마주하면서 산에 올랐다.

처음으로 나무를 해보는 것이니 어설픈 모양새였다. 하

지만 내 손으로 땔감을 마련한다는 성취감 때문에 나뭇짐이 커지면서 재미가 붙었다. 떨어진 솔잎을 긁어모으고 나무 잔가지를 추리고, 쓰러진 나무까지 다듬었다. 한아름 나뭇짐이 꾸려졌다.

난방과 취사를 오로지 땔나무에만 의지하고 살았던 시절이었다. 너도나도 나무를 해야 했으니 산에서 나뭇짐을 꾸릴 만한 자원도 많지 않았다. 쓰러진 나무나 솔잎이 많이 떨어진 곳을 발견하면 노다지를 만난 기분이었다. 그러니 얻으려고 가는 길 자체가 즐거움이었고 얻는 것은 행복이었다.

산에는 땔감만 있는 것이 아니다. 내가 자주 오르는 길목에는 크고 잘 생긴 소나무 한 그루가 나의 눈길을 잠시 멈추게 했다. 소나무의 기풍 자체가 멋있었다. 산에 오르고 보는 시간만큼이나 쌓이는 정도 늘어갔다.

소나무의 매력은 한겨울 추위에도 푸른빛을 잃지 않는 것이다. 외로움을 알지 못하고 항상 그곳에 있어 주었다. 쓸쓸하고 안쓰러워 보이기도 했지만 한겨울 모진 삭풍을 꿋꿋하게 감내하고 있었다. 북풍한설에 자연은 앙상한 모습으로 잠이 들었지만 소나무만은 깨어 있었다. 위엄도 있었다. 진정으로 강한 것이 무엇인지를 생각하게 해주었다.

'겨울이 되어서야 소나무, 잣나무가 시들지 않는다는 사실을 알게 된다'는 『논어』의 글귀는 이 소나무를 말한 것이다. 바람만큼이나 소나무도 변하지 않지만 바람과는 또 달랐다. 소나무는 떠나지 않고 자리를 지키고 있었다. 겨울이 되어도 변하지 않는 모습은 누굴 닮은 것일까?

추사 김정희는 이상적(李尙迪)이라는 소나무 같은 제자가 있었기에 유배지 제주에서의 외로움이 덜했다. 18살 연하의 제자 이상적은 중인 신분이었다. 세상은 김정희를 떠났어도 이상적은 스승 곁을 지켰다. 세상은 도도한 강물처럼 오로지 권세와 이익을 좇았지만 이상적은 오히려 스승 곁으로 한 발짝 더 다가갔다. 한겨울에도 푸름을 잃지 않은 소나무였다. 열두 번이나 역관으로 중국에 드나들면서 추사가 원했던 귀한 책들을 구해서 제주에 유배 중인 스승에게 보내주었다. 이에 감복한 추사는 「세한도」를 그려 이상적에게 선물로 보냈다. 이를 받고 감격한 이상적은 1844년 동지사의 역관으로 청나라로 갈 때 「세한도」를 지니고 갔다. 청나라의 이름 높은 문인 16인에게 「세한도」를 소개하였다. 이들에게서 찬사와 환호가 쏟아졌다. 스승과 제자의 아름다운 인연과 「세한도」에 감복한 이들이 앞다투어 쓴 칭송의 글은 10미터에 달했다.

외로움은 숫자의 많고 적음이 아니라 변치 않는 믿음을 통해 벗어나게 되는 것이었다. 「세한도」는 국보로 지정되어 이미 가치를 인정받고 있지만 국보 이상의 영혼이 느껴지는 그림이다.

나는 나뭇짐을 가능한 크게 만들고 싶었다. 할머니 얼굴에 피어나는 함박웃음이 나의 기쁨이기 때문이었다. 내가 해 온 나무로 할머니는 아랫방에 군불을 지피셨다. 덕분에 문틈으로 들어오는 황소바람도 별 힘을 발휘하지 못했다.

며칠 무리했는지 오늘은 감기 기운이 있었다. 할머니는 손자 걱정에 나무하러 산에 오르는 나를 만류하셨다. 나는 "괜찮아요."라는 말로 할머니를 안심시켰다. 다시 산에 오르고 싶었기 때문이었다. 나무를 하면서 느꼈던 성취감이 나를 강하게 만들어가고 있었다. 할머니는 찐고구마 몇 개를 싸주셨다. 고구마에 담긴 정은 추위를 이겨낼 수 있는 힘이 되었다.

오늘따라 소나무는 더 친근하다. 그만큼 정이 쌓였기 때문일 것이다. 정든 소나무에 이름을 지어 주었다. 동거송 (冬巨松). '겨울의 큰 소나무'라는 무척 단순한 의미였다.

그리고 먼 훗날 내가 좋아하는 사람에게 이메일을 보냈

다. 내가 아꼈던 '동거송'이라는 의미도 함께 달아 보냈다. 소나무에 얽힌 추억과 마음도 함께 전했다. 나의 추억, 그리고 가치까지 공유할 수 있는 믿음이 가는 사람이기 때문이었다.

그동안 살면서 많은 사람을 만나고 헤어졌다. 바람의 향기처럼 만나는 사람들도 각기 다른 향기를 풍기고 있었다. 헤어지면 사라져버리는 향기도 있지만, 마음 한쪽에서 사라지지 않고 둥지를 틀어버리는 향기도 있었다.

바람은 때를 기다려야 만날 수 있었지만 소나무는 산에 오르면 만날 수 있었다. 하지만 사람은 때와 장소를 가릴 필요가 없었다. 언제든지 다가오고, 다가갈 수 있었다. 그리울 때, 허전할 때 동행이 가능한 황금 자원과 같은 존재였다. 사람에게는 바람과 소나무에서 느꼈던 소중함이 다 있었다. 향기가 있었고, 진정성 속의 즐거움과 행복도 있었다. 5월의 훈풍처럼 마음이 넉넉해지는 사람도 있었다.

나 역시 봄바람처럼 따뜻하게 마음을 열어주고, 색바람처럼 시원함과 상쾌함이 느껴지는 사람이기를 소망해본다. 같이 있으면 기분 좋아지고, 즐거움을 피워주는 풍로와 같은 사람이기를 소망해보았다. 푸름을 잃지 않고 변덕을 부리지 않는 사람이기를 소망해본다.

바람과 소나무에서 얻은 마음은 행복을 지켜주는 소중한 울타리다. 사람답게 살고자 하는 정겨움이다. 그 시작은 가족을 통해서 피워내야 한다. 수신제가치국평천하라고 했듯이, 그래야만 친구와 이웃과도 행복을 쉽게 나눌 수 있을 것 같다.

# 등불이 들어오자 밤은 나가네

배려의 향기

배려심으로 내 마음을 비추니
이기심은 자리를 비우고 떠나네

'사람이 꽃보다 아름다워'라는 노랫말은 느껴본 사람이
붙인 가사였을 것이다. 꽃은 향기를 맡을 수 있었다. 이웃
의 향기도 맡을 수 있었다. 하지만 나의 향기만큼은 맡을
수 없었다. 좋은 향기인지 나쁜 향기인지 바꿔야 할 향기
인지도 알지 못했다. 이웃이 나를 불편하게 보고 있을 때
비로소 나의 향기에 문제가 있다는 사실을 깨달았다.

꽃향기보다 더 아름다운 향기는 사람의 향기라고 생각
한다. 사람에게는 다양하고 깊이까지 느껴지는 향기가 있
다. 내 향기에 취했을 때에는 이웃의 향기를 맡을 수 없었

지만 나와 다름을 알고 나니 이웃의 향기가 느껴졌다.

향기는 외모에서도 피어나고 내면에서도 발현된다. 하지만 내면의 향기를 피우는 일은 시간이 걸리는 일이다. 아름다운 향기를 피우기까지는 더욱 오랜 기간이 필요하다. 가꾸고, 다듬고, 오랜 수양의 과정을 거쳐야만 향기가 피어난다.

외모는 부모로부터 받은 선물이었지만 내면의 향기는 내가 살아가면서 다듬어 가는 것이었다. 그런데 외모에서 거친 모습이 보일 때는 내면의 향기도 거칠어져 있었다. 마음과 외모는 서로 소통하고 있었기 때문이었다. 얼굴은 마음의 거울이라는 말이 두고두고 곱씹어졌다.

'화무십일홍(花無十日紅)'은 그 의미를 새길 때 더욱 깊게 느껴졌다. 꽃은 한순간 피어났다 시들지만 마음의 향기는 오랜 기간 쌓이고 쌓여서 피어났다.

역사 속에서 격랑을 헤치고 살아남은 미인들이 왜 마음까지 가꾸려 했는지 알 것 같다. 외모로만 한몫하려 했던 미인들은 불행했다. 신라 시대에도 아름다운 육체에 아름다운 정신이 깃든다는 영육 일치 사상이 있었다. 외모와 내면은 둘이 아니라 하나임을 알았던 것이다.

꽃의 향기는 내 마음대로 바꿀 수 없었지만 사람의 향

기는 바꿀 수 있다는 희망이 있었다. 바꾸고 싶은 향기는 배려심으로 채워지고 푸근하게 느껴지는 향기였다.

나는 아이들의 모습을 통해서 나의 모습을 다듬어 가는 경우가 많았다. 아이들 중에 인기가 많은 학생은 배려심이 자리 잡고 있는 아이들이었다. 그리고 아이들의 향기는 꽃봉오리 같은 모습으로 더 많이 다가왔다. 헤아려주고 피어나게 도와주면 더 빛을 발하고 활짝 피어났다.

배려를 위해서는 이기심을 버리는 수양이 있어야 했다. 남과 비교하지 않는 마음이 있어야 했다. 사랑하면서 남과 비교하는 것은 욕심을 키우는 일이었고, 차별을 만드는 일이었다. 아름다움과 추함의 기준이 무엇인가!

내가 선택했던 아내의 아름다움조차도 시간이 지나면서 변했던 것은 이기심의 안경을 끼고 바라보았기 때문이었다. 그리고 비교했기 때문이었다. 배려의 향기는 이기심을 내려놓는 일이 우선이었다. 배려의 향기는 폭풍 앞에서는 더 강하게 작용했다. 광해군의 신임을 받았던 문신 박엽은

등불이 방안으로 들어오자 밤은 밖으로 나가네

라는 시 구절을 남겼다. 할아버지가 등불을 켜면서 어린

손자에게 시를 지어보라고 하자 박엽이 지은 평범한 문구였지만 참 절묘한 표현이었다. 캄캄했던 방안이 등불로 인해 밝아졌다. 등불은 밤을 몰아낸 것이다. 그렇다. 배려심은 등불과 같은 것이었다. 배려심으로 이기심을 몰아낼 수 있었다.

배려심으로 내 마음을 비추니
이기심은 자리를 비우고 떠나네

라고 박엽의 시를 바꿔서 읊어보았다. 그리고 내 마음도 이기심 대신 배려심으로 채워지기를 소망해보았다. ✳

# 행복수업

**초판 1쇄 펴낸 날**  2015. 1. 8.
**초판 2쇄 펴낸 날**  2015. 11. 19.

지은이  주명섭
발행인  양진호
책임편집 위정훈
디자인  강영신
발행처  도서출판 인문서원

등  록   2013년 5월 21일(제2014-000039호)
주  소   (121-894) 서울시 마포구 양화로 56 동양한강트레벨 718호
전  화   (02) 338-5951~2
팩  스   (02) 338-5953
이메일   inmunbook@hanmail.net

ISBN   979-11-952090-6-4  (03800)

값은 뒤표지에 있습니다.
잘못 만들어진 책은 구입하신 서점에서 바꾸어 드립니다.

이 도서의 국립중앙도서관 출판예정도서목록(CIP)은 서지정보유통지원시스템 홈
페이지(http://seoji.nl.go.kr)와 국가자료공동목록시스템(http://www.nl.go.kr/
kolisnet)에서 이용하실 수 있습니다.(CIP제어번호: CIP2014036287)